别让成功卡在说话上

伝え方が9割

[日] 佐佐木圭一●著
郭勇●译

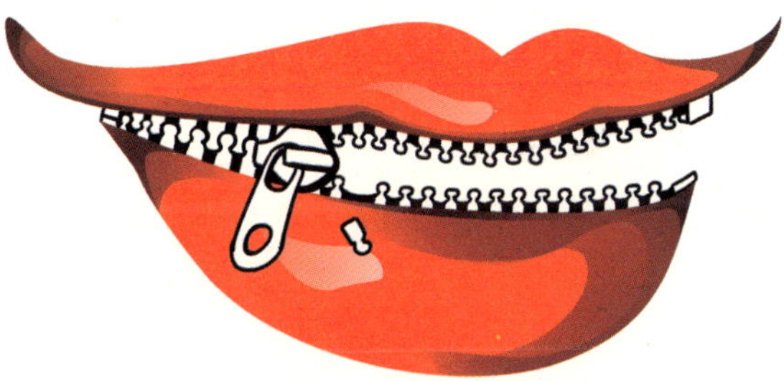

湖南文艺出版社
HUNAN LITERATURE AND ART PUBLISHING HOUSE
博集天卷
CS-BOOKY

图书在版编目（CIP）数据

别让成功卡在说话上 / (日) 佐佐木圭一著; 郭勇译.
-- 长沙 : 湖南文艺出版社, 2014.6
ISBN 978-7-5404-6713-5

Ⅰ. ①别… Ⅱ. ①佐… ②郭… Ⅲ. ①口才学－通俗读物 Ⅳ. ①H019-49
中国版本图书馆CIP数据核字(2014)第092938号

著作权合同登记号：18-2014-051

上架建议：心理学 · 时尚读物

别让成功卡在说话上

著　　者：［日］佐佐木圭一
译　　者：郭　勇
出 版 人：刘清华
责任编辑：薛　健　刘诗哲
监　　制：蔡明菲　潘　良
策划编辑：李彩萍
封面设计：面　团
版式设计：利　锐
版权支持：文赛峰
营销编辑：尤艺潼
出版发行：湖南文艺出版社
（长沙市雨花区东二环一段508号 邮编：410014）
网　　址：www.hnwy.net
印　　刷：北京缤索印刷有限公司
经　　销：新华书店
开　　本：880mm × 1230mm 1/32
字　　数：160千字
印　　张：6.5
版　　次：2014年6月第1版
印　　次：2014年6月第1次印刷
书　　号：ISBN 978-7-5404-6713-5
定　　价：32.80元
（若有质量问题，请致电质量监督电话：010-84409925）

金牌广告策划人首次公开他的最强语言技巧

将“no”变成“yes”的技巧分三个步骤

步骤1：不要把自己大脑中所想的，直接用语言表达出来

步骤2：想象对方大脑中所想的事情

步骤3：让自己的请求符合对方的利益

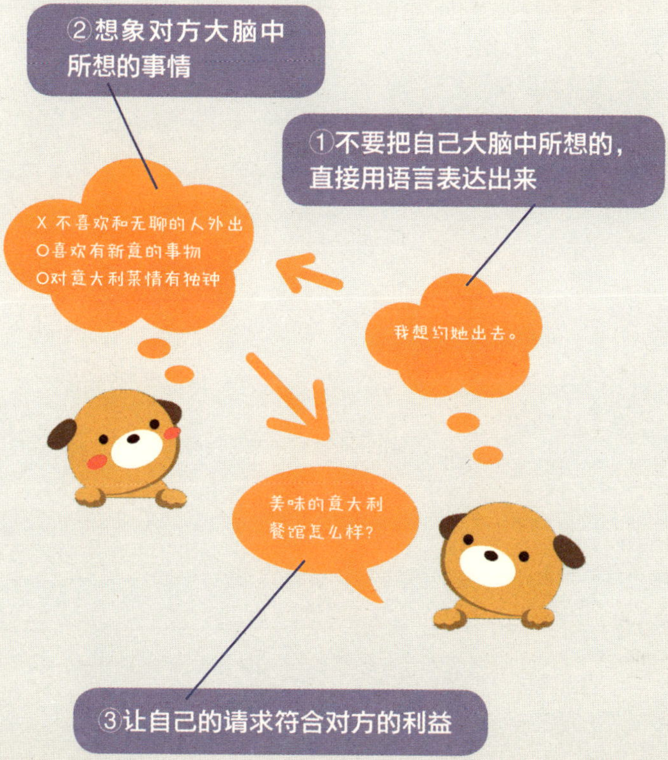

将“no”变成“yes”的技巧

实现愿望的关键，不在你口中，而在对方心中。

将“no”变成“yes”的七个切入点

① 选择对方喜欢的事物

“请和我约会吧！”

→“我发现一家味道超好的意大利餐厅，想不想尝尝去？”

② 回避讨厌的事物

“禁止踩踏草坪！”

→“草坪已喷洒农药，进入草坪，会沾染农药气味。”

③ 提供选择的自由

“请和我约会吧！”

→“我发现一家味道超好的意大利餐厅，还有一家吃石锅牛肉的饭店，你更喜欢哪一家？”

④ 满足渴望获得认可的欲求

“能拜托你加一下班吗？”

→“你做的策划书很出彩，能进一步完善一下吗？”

⑤ 善用“仅限您一个人”的威力

“请您来参加自治会的会议。”

→“即使不邀请任何人，我们也得邀请齐藤先生您出席。”

⑥ 团队化

“赶快去学习！”

→“我们一起来学习吧！”

⑦ 感谢

“请帮我把这张发票报销了。”

→“一直以来都承蒙您的照顾，真是非常感谢！您看，这张发票可以报销吗？”

制造“最强语言”的五个技巧

掌握这些技巧之后，你的语言表达能力
能瞬间变得强大起来，人生也会随之发生改变。

①惊喜法

这种方法虽然超级简单，但专业人士也常用到

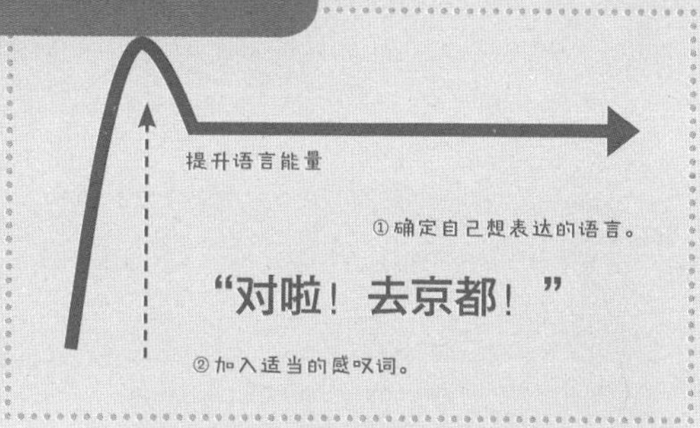

②反差法

奥巴马、村上春树等都曾使用过的打动人心的方法

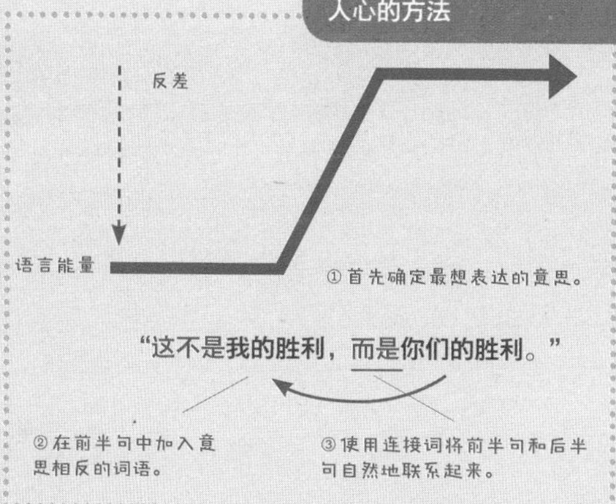

③赤裸裸法

有画面、有情景、有肢体语言的表达

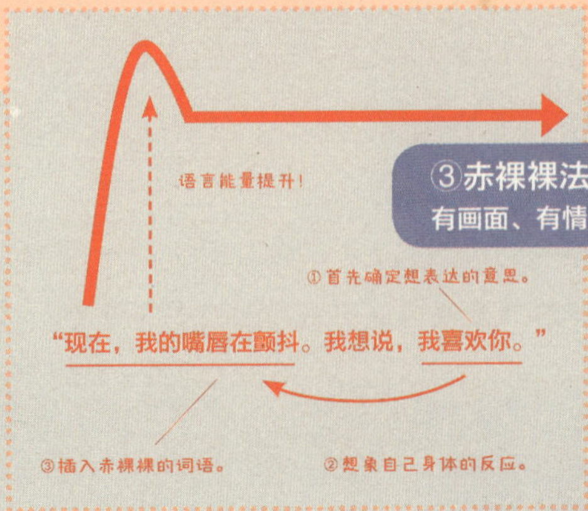

④重复法

让自己的话印刻在对方的记忆中

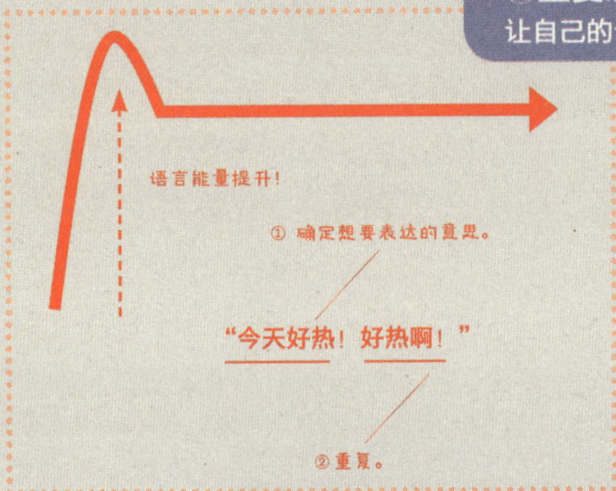

⑤高潮法

让睡着的人也能睁开眼睛，这是一种强烈的想象技巧

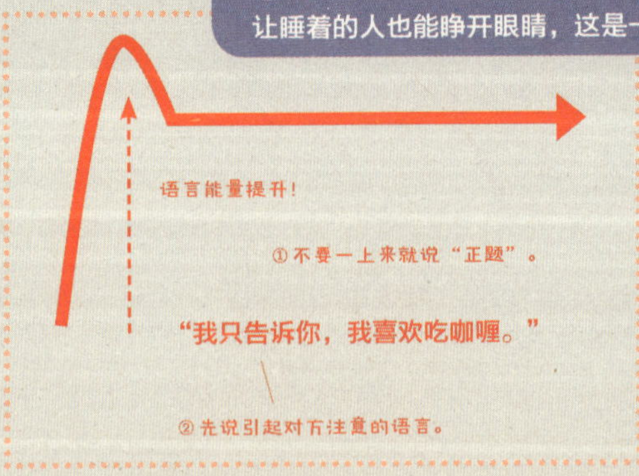

改变人生的关键能力，没人教、没人练 ——所以我出书了

举个例子，假设我有一位心上人，可是对方似乎对我并没有什么兴趣。这时，我该怎么说才能成功约她出来呢?

“咱们约会吧！”

这样说怎么样?

如果只是如此直截了当地把自己的想法说出来，遭到拒绝的概率相当高。但是，如果善于使用语言来表达的话，结果可能大不相同。

“我发现一家超级美味的意大利餐厅，你想不想去尝一下？”

这样说，结果又会如何呢?

我想，这样的邀请，遭到拒绝的概率会大幅度降低。其实，以上两种说法，不管哪一种，所要传递的信息都是一样的——“和我约会好吗？”

实践也证明这种邀请方式很奏效。在我帮助过的在校学生、公司职员中，很多“恋爱困难户”在使用了这种邀请方式之后，都成功约到了心仪的异性。

再举一个例子，我的工作报告无法在约定的期限内完成，我想向上司申请延期提交。这时，我该怎么说呢?

“我想延期提交报告。”

虽然我的大脑中是这样想的，但如果就这样如实地向上司提出请求的话，结果可想而知：不但不会被批准，搞不好还会挨一顿臭骂。为什么会这样呢？因为提交报告的期限事先已经约定好了，而且是经过双方同意的，即使上司人很好，接受了我的延期请求，但我的能力在上司心目中肯定会大打折扣。这时，就该使用语言的魔法了。

“我想让报告的质量更上一层楼，再给我几天时间可以吗？”

对于这样的请求，上司一般都会答应。不但如此，上司还会认为我是一个认真负责又努力上进的人。回头看看上面两种请求方式，虽然想表达的内容是一样的——“请再宽限几天”，但因为表达方式的不同，结果也不尽相同。你不认为这很奇妙吗？我想，你一定领悟到了这一点——“通过改变表达方式，可以改变自己的人生！”

没错！你以前的人生，是由以前惯用的表达方式所决定的，如今只要稍稍改变表达方式，就能让人生翻开崭新的篇章。

“高明的表达方式，是那些拥有语言天赋的人独有的。”

曾经，我是这么认为的。

在我过去的人生中，与人交往，对我来说是一件非常困难的事情。我小的时候，经常转学。每当来到陌生的地方、转入全新的学校时，被那么多陌生的面孔所包围，我都难以适应。再加上存在方言差异，我无法和新同学打成一片。

我感觉自己就像浮萍，总是漂浮不定。对于这样的自己，我尽一切努力想消除自己的存在感。我会主动练习少说话，不做显眼的事，想让周围的人都忽略我的存在（笑）。结果，我真就变成了一个沉默寡言的少年。即使别人心怀善意地接近我，我也保持一副冷漠的表情默不作声。久而久之，我更不知道该如何表达自己的情感了。

在那时的我看来，写文章是一件最令我头痛的事情。虽然我也曾经尝试过

写日记，可是每本日记本写了寥寥数页后，就完全是一片空白了，写信就更不必说了。要问我在学生时代都写过些什么，我想充其量只有抄写前辈的报告吧，而最大的修改无非是改变句子的语气。

大学毕业后，因为我们那个时代的毕业生就业竞争压力没那么大，我才有幸混在大批毕业生中进入公司工作。可没想到的是，分配给我的工作竟然是“广告文案策划”！当我听到这个决定的时候，心中充满了无数疑问，甚至一度陷入轻度的恐慌状态。难道公司认为“我的身体内部蕴藏着某种特殊能力”？总之，我觉得公司对我十分宽容。

广告文案策划，这个岗位最主要的工作就是“表达、传达”。没想到我竟然戴上了广告文案策划人的头衔，而我人生中最艰辛的时期也从那一刻开始了。

首先，我不知道该如何撰写文章，字也写得很丑。我的表达方式和书写方式，还被上司无情地批判过——“浪费纸张写这些无用的东西，简直是破坏环境！”我想也是，因为我真的打心底里认为自己没有这方面的能力。

“自己没有这方面的能力……”那段时间，我整日都被这个烦恼所困扰。而且，当时坚信语言表达能力是由天赋决定的我，感觉自己已经无路可走。与此同时，和我同期进入公司的那些同事，都已经渐渐熟悉了自己的工作岗位，开始崭露头角，还有人取得了不错的成绩。由于对自己无能的羞耻和对别人成绩的嫉妒，让我更加不敢正视别人的目光。于是，我承受着巨大的精神压力，以致身心疲惫、睡眠严重不足。晚上下班后，坐在末班地铁上，看着车窗玻璃上映出的自己的眼睛，我心里会想：“如果有地铁里上班族呆滞目光大比拼的话，我绝对能以压倒性的优势获胜！”

过度的精神压力导致我患上了“过食症”，仅仅一年时间，我的体重就增长了10公斤，原本削瘦的下巴变得浑圆无比。你能想象出我的样子吗？体重增加了15%！如果这一年里，每天给我拍一张照片，然后连续翻动做成动画的话，那肯定是一个不错的搞笑动画片。

可是，就是这样的我，后来竟然了解到表达方式中存在一定的技巧，而且我还掌握了那些技巧，让自己的人生发生了巨大的改变。这也是我要写这本书的原因和动力所在。

就像一个在痛苦中挣扎的病人，抱着求生的希望，我阅读了大量的名家名著，然后经过思考、试行、失败、再思考、再试行……最终成功发现了表达方式中存在一些有用的技巧。

“表达方式中存在简单的技巧。”

“感动人心的语言，可以‘编造’出来。”

从此，我的人生得以改变。并非渐渐地改变，而是骤然而至地改变。从荣获日本国内广告文案策划大奖开始，各种荣誉接踵而至。后来，我还获得了美国广告大奖的金奖，我可是日本广告文案策划工作者中获此奖项的第一人。此外，还有亚洲广告奖的最高奖。这些以前在我看来遥不可及，甚至从未奢望过的大奖，就那样“滑”入了我的手中。

在音乐界，日本超人气组合“化学超男子”（Chemistry）和著名歌手乡裕美的制作人也向我发出了作词邀请。结果，由我作词的歌曲竟然登上了日本公信榜（Oricon）第一名的宝座。我还作为创作者，受邀到史蒂夫·乔布斯御用的广告制作公司留学，这也算是日本第一人哟。再有，各种大学、演讲会也纷纷邀请我前往，很多得到我鼓励和帮助的人，向我表达了真挚的感谢。

“在人生的这个阶段，能够得到你的指导，真是三生有幸！”

“现在回想过去，我发现很多时候，如果自己改变一些表达方式，结果可能大不相同。”

“我喜欢上一个人，可是没有勇气向她表白。从佐佐木先生你那里学来的沟通方式，让我勇敢地迈出了通向成功的第一步。”

看到自己竟然能够帮助如此多的人，我感到无比开心！其实这一切，都源于我发现了表达方式的技巧。

我们不能否认，有些人天生就拥有如簧的巧舌。但是，不管多么巧妙的表

达方式，都是可以通过理论加以分析和说明的。也就是说，只要掌握了其中的技巧，任何人都可以将巧妙的言辞再现出来，不论天赋几何。在我们生活的这个世界上，有可以将魔方瞬间归位的天才。倘若有说明书，按照其中的指示，让小学生将魔方归位也并非难事。

这是一个残酷的时代，就职和升迁都以成败论英雄。可是，成功的人就能获得100分，而失败的人只能得0分吗？我可不这样认为。从我们降生到这个世界起，就都过着喜怒哀乐的生活，我认为人与人之间不会有天壤之别，最多存在80分和79.5分的差别。然而，企业在招聘时，必须要做出取舍，所以对人的评价就只能用"yes"和"no"来区分了。但是，"yes"与"no"之间的差别在哪里？我认为这个差别的90%来自于表达方式的不同。

在未来的人生中，我们还会遇到很多岔路口。**希望你尽量多将自己的"no"变成"yes"**。

在这里，我要先给你打一个预防针。这并不是一本教你学习正确的、标准的、漂亮的日本语的书（本书为日语原版书引进出版）。其中难免会出现语法错误，和你在学校中学到的不太一样的修辞手法，还有和常识有所出入的书写方式。对于这些问题，希望你能包容。这本书主要是告诉大家如何掌握传达至人心的表达方式，让它帮助我们在人生、工作中取得成功。

在我介绍的方法中，应该会有让你感到眼前一亮的新鲜方法，肯定也会有你以前知道或者已经用过的方法。请将你感觉新鲜的方法记下来，并让它成为你的工具。对于那些你已经用过的方法，可以再加深一下印象，保存于大脑的"工具箱"中，说不定什么时候还会派上用场。

与普通人相比，以前我的表达方式要逊色许多，可就是这样的我，为了生存下去，经过十多年的努力学习和钻研，把大家习以为常的表达方式加以系统化。其实，你在自己的生活中，在不断失败的教训中，也能逐渐掌握表达方式的技巧，只不过也可能会花上十多年的时间。倘若那样，效率就太低了。可读了这本书之后，吸取了我的经验教训，就不用走我走过的那些弯路了，可以高效率地提高自己的说话水平。**我利用大量的时间进行尝试，并对从成功与失败中获得的方法论加以整理，希望这本书能成为你提高说话水平、磨炼表达方式的技巧，并最终通向成功的捷径指南。**再加上你自己之前的经验和之后的努力，相信一定能让你的人生绽放出美丽的花朵。

前言先写到这里，接下来就为你讲解我所说的表达方式的技巧到底有哪些，并教你用最短的时间掌握这些技巧。

佐佐木圭一

2014年4月

CONTENTS

目 录

别 让 成 功 卡 在 说 话 上

1 Chapter

第一章

决定成败的表达方式中存在简单的技巧

为什么表达的内容完全一样，但因表达方式的不同，却会得到“yes”或“no”两种完全不同的结果?

2 Chapter 第二章

只用语言力量，就可以改变对方的心意

别把决定权交给对方的心情，要用技巧把他们的“no”变成“yes”。

3
Chapter

第三章 制造“最强语言”的技巧

任何人都能制造出最强语言，关键在于五个技巧，连村上春树、奥巴马都在使用。

1
Chapter

第一章
决定成败的表达方式中存在简单的技巧

为什么表达的内容完全一样，但因表达方式的不同，却会得到“yes”或“no”两种完全不同的结果?

将概率为0的“无”转变为“有”

利用一切方法提高可能性，将改变人生

“这张发票，可以报销吗？”

在当今经济不太景气的时代，每家公司的经费都不是那么充裕。我刚才的那句话，会让整间办公室的气氛都紧张进来，估计同事们都会向我投来异样的目光。

掌管财务的大姐，则头也不抬地对我说：

“这张不能报销。”

为什么不能报销？是因为我拿来的这张发票是不知和什么人一起喝酒的发票吗？也许有这个因素。但是，我觉得更大的问题在于我的说话方式有不妥之处。

我试着换一种说话方式，你看结果是否会不同？

“山田大姐，一直以来都承蒙您的照顾，真是非常感谢！您看，这张发票，可以报销吗？”

仅仅就是这样稍加改变，成功率就可以大幅提高。其中的理由有两个。

首先，**对于别人感谢自己的话语，人是很难去否定的**。可以说，这是人与生俱来的一种本能，即对于感谢和认可自己的人，我们会产生一种想要支持他的意识。

其次，**像“山田大姐”这样亲切的称呼，更容易让别人对我们的要求做出反应**。我用敬称，山田大姐会感觉到“我重视她，认可她，感谢她”，于是便对我产生了亲近感。对于和自己没有关系的人，人更容易拒绝；但对于和自己亲近的人，想要拒绝就没那么容易了。

当然，即使我这样说，结果也不一定能如愿。不过，至少可以把成功的概率提高不少。于是，我的人生又向光明的方向迈进了一点儿。想获得别人认可的，慢慢就会被认可；想征得对方同意的，慢慢地对方也

会应允。

在求职面试时，做展示说明时，向心上人表白时，求朋友帮忙时……无论哪种情况，所用的表达方式将极大地影响结果的成败。求职面试时，更是如此。因为在面试现场，我们不可能把自己的思想、行为、工作能力、生活方式等所有一切都展现给面试官看，而此时，表达方式就成了面试官评价我们最重要的因素。**人生中，从小到大的任何事情，我们都可以用表达方式来改变**。而且，越是在人生的紧要关头、重要时刻，表达方式所发挥的作用越大。

从无到有

决定成败的关键能力，没人在练习

表达方面的知识，会在我们人生的关键时刻发挥重要的作用

“表达方式”这种东西，也可以通过锻炼提高吗?

在学校，老师没有特意教我们表达方面的知识。书店里，也很难买到相关的参考书。而另一方面，现实中，有的人善于表达，有的人却笨嘴拙舌。留心观察一下你身边的朋友，是不是有的人巧舌如簧，而有的人不善言辞呢？巧舌如簧的人的说话之道，并非从哪儿系统学来的，而是在长期的生活经验中慢慢摸索掌握的。也正是因为大家都知道表达能力是在长时间的经验中摸索获得的，才很少有人会尝试通过“学习”或者“锻炼”来提高自己的语言表达能力。

如今，“表达能力是从经验、感觉中得来的”，这似乎已经成为一种固有观念，影响着大多数人。可是，表达能力真的无法通过锻炼加以

提高吗?

对于这个问题，我可以百分之百确定地告诉你："表达能力完全可以通过锻炼来提高！"为什么我敢理直气壮地这样说？首先，因为我自己就是通过学习和锻炼，才使自己的表达能力得到了飞跃性的提高；其次，因为来听我讲座的朋友中，很多人的表达能力都取得了惊人的进步。

虽然在人生的很多重要场合，表达能力都会发挥关键性的作用，但是没有几个人去主动进行锻炼和提高。或者说，他们压根就不知道"表达能力还是可以通过锻炼得到提高的"。对于已经意识到这点的朋友来说，这无疑是一个提升自己、领先于他人的绝好机会。

表达能力的锻炼，其实和打乒乓球有点儿类似。几位朋友相约去泡温泉放松，如果温泉宾馆有乒乓球桌的话，大家都可以随手打上几局。假如一行人中有一个人打得比较好，他很快就会成为乒乓球桌上最受欢迎的人。如果要问打得好的人和不太会打的人的区别在哪里，我认为最大的差别在于是否了解打乒乓球的窍门。"球拍不要握得太紧，在手臂放松的情况下，才能灵敏地挥拍击球。""不要看对方击球的方向，而是观察在对方击球前，球的运动轨迹。”其实，只要知道上述两个窍门，你的球技就会大有提高。而且，知道了这两个窍门后，只要花上三天时间练习，你的乒乓球技术一定会令人刮目相看（可是，了解了这两个窍门，并有意识地去练习的人非常少）。

这个道理也同样适用于表达能力的提高。大多数人说话、写字都不成问题。可是，是否了解其中的窍门，就很难说了。而是否了解其中的窍门，也就成了决定人们表达能力高低的重要因素。

世界上大多数人的表达能力，都相当于在温泉宾馆非常放松地打乒乓球的水准。如果你能抓住机会，掌握打乒乓球的窍门，就可以在短时间内超越“温泉乒乓球”的水准，一下子令人刮目相看。到时候，周围人看你的眼神，一定与从前不同；对你的评价，也会有很大的提升。当然，任何人都可能有歪打正着的时候，也许你偶尔也会打出一记漂亮的好球。可是，我写这本书的目的是想让你变成真正的高手，每一拍都打出好球。并且，**要让你在人生的关键时刻，如愿打出凶猛的扣杀球**。而且，这并不是痴人说梦，而是非常现实的话题。只要你现在开始学习，就能把握住大好的机会，因为很多人都还没有意识到这一点。

不善表达的我
却做了广告策划人

摆脱交流中的烦恼，通向成功的道路

因为我写了这本书，也许很多朋友会以为，我应该天生就拥有高超的表达能力。然而，事实上正好相反。

上学的时候，我属于频繁转学的那类学生，因为父亲的工作总是调来调去。每到一所新的学校，同学们总是用“又来了一个怪人”的眼神来看我。一个操着异乡口音的少年，每次开口说话，都会招来别人好奇的目光。渐渐地，我就开始讨厌说话了。在家的时候，我也常是一个人玩游戏。可是，在我的心灵深处，却有着和大家好好交流的愿望。就是这愿望与现实之间的巨大差距，几乎快让我崩溃了。

即使是现在，当我向心上人表白的时候，虽然能把心中所想准确地表达出来，但还是会因为害羞和激动，使自己紧张得快要落下眼泪。我想，这可能就是青春期时的“不善表达”给我留下的“后遗症”吧。

不善表达的我，后来选择了学习理科。因为和数字打交道，不会涉及与人交流、沟通，因此会感觉轻松一些。不过，即使用选择学习理科来逃避自己不善表达的现实，但我的整个青春时代，还是无法抑制“想和别人更好地交流”的愿望。我大学所学的专业是机械工程学，但意外的是，毕业后被一家大型广告公司所录取。在参加面试的时候，虽然我没有说出心中的真正想法，但实际上，我选择从事广告行业，也是出于“想让自己变得更加善于与人交流”的目的。

后来，阴差阳错地，我被分配到了广告文案策划部门。我想，我应该是最不适合这个工作岗位的人吧。本来我最不善于表达，没想到这却成了我的本职工作。就像一个从来不喝酒的人，却当了酒吧的酒保。又或者，对荞麦过敏的人，却开了一家荞麦面馆。

当我接到公司为我制作的印有广告策划人头衔的名片时，我感觉到胸中有一腔热血在涌动，那种感动至今仍让我记忆犹新。不善于表达的人居然也能当上广告策划人，命运真是个奇妙的东西。那时，只是把自己的名片拿在手里，我都会感到一种莫名的幸福。不过，那只是噩梦开始之前，一个美妙的幻觉罢了。实际开始工作之后，我写文章的水平之烂，让包括上司在内的所有人都感到错愕。

我在最基本的汉字书写中都会犯很多错，有的字大概连小学生都不会写错。例如，“博”字右上角到底有没有“点”，我都拿不准。**我想，那时的我可能是全日本汉字写得最烂的广告策划人，没有之一。**

我花好几小时写好的文案，上司浏览不足一分钟就会打回来让我重写。那时，我感觉自己每天的工作就是不停地改稿子。名片上的头衔和现实中自己的巨大差异，着实让我烦恼不已。我的内心常常有一种自己毫无价值的懊恼感。

每天做着自己不擅长的事情，人的心中就会积累很多令精神紧张的因素，而这些因素迫使我患上了“过食症”。那时，我会选择从美食中寻找放松感，不知不觉就会吃下过量的食物。有时，甚至会半夜起来从冰箱中拿布丁吃。然而，第二天早上起床后，却完全不记得自己曾经吃过布丁，还大发脾气：“是谁吃了我心爱的布丁？！”然后，到处寻找布丁的踪迹。

结果，我的体重在一年之间增长了10公斤。

于是，我变成了名副其实的“小胖”，不仅身体虚弱了很多，而且一动就爱出汗。如此不堪的我，对着镜子中的自己想：“难道我的人生哪里出了岔子？”

我之所以要写这本书，就是想告诉读者朋友们，即使是如此不善表达的我，也能通过努力提高表达能力。我想把自己的亲身经验分享给大家。

打动人心的语言，暗藏规则可循

正因为不善表达，才让我有幸发现了其中的技巧，并将其系统化

变成“小胖”的我，一边在痛苦中挣扎，一边寻找出路。那时，我开始如饥似渴地大量阅读饱含精妙语句的诗集、书籍、广告文案名作等。每次看到打动人心、感人肺腑的语句，我都会把它们抄录在笔记本上。日复一日地读，周而复始地记，有一天，我注意到一件事情：

“咦？这句话和那句话似乎有点儿像呢！”

说两句话很像，并不是因为使用了相同的词语，而是它们的句子结构存在相似之处。

难道说遣词造句中存在某种规则吗？我的心中顿时产生了这种假设。下面以几个令我印象深刻的句子为例。

别用大脑去思考，用心感受。

——《龙争虎斗》/李小龙

死，没有意义！要活下去！

——《3年B组金八先生》（日本校园电视剧）/金八老师

再小的书，也有大内涵。

——日本讲谈社文库的广告语

没有分别，哪有重逢。

——西洋谚语

黑手党是看起来像少年唱诗班一样的罪恶组织。

——《粉红豹》/彼得·塞勒斯

案件不会发生在会议室中！而是发生在现场！

——《跳跃大搜查线》（日本人气电视剧）

第一眼看上去，这些句子完全不同，没有一个词语是相同的。但细细品味下来，总感觉它们之间有共通的地方。没错！它们的结构是相同的，都使用了意思相反或相对的词语。

思考⟷感受

死⟷活

小⟷大

分别⟷重逢

黑手党⟷少年唱诗班

会议室⟷现场

一开始，我以为是自己神经过敏。但是，后来仔细一想，如果只是偶然一致的话，这些句子的结构也未免太相似了吧。我感觉到，这些句子中明显存在某种相似的因素。那些意思相反或相对的词语，并不是偶然使用的，绝对是作者有意为之。

“不是用大脑去思考，而是用心灵去感受。”

作者想表达的意思就是“用心灵去感受”，可为什么还要先说一句“不是用大脑去思考”呢？这只是一时的灵光乍现吗？

“案件不会发生在会议室中！而是发生在现场！”

从这句话中，我们可以看出，作者想说的就是“案件都发生在现场”，可为什么要先提一下与“现场”相对的“会议室”呢？这也是偶然吗？

不！这绝不是单纯的偶然。使用正反对比的词语，借用其反差，能够制造出更加打动人心的效果！

最初这只是我的一种假设，但在阅读了数目庞大的名言之后，它在我心中变成了一种“确信”。那就是：

“打动人心的语言，暗藏规则可循。”

我的呼吸开始变得急促，并不全是因为我胖到体力不支，而是有一个更为重要的原因。以前，我认为高明的语言，需要天生的才能和灵感的闪现。但是，现在我发现，不靠天才和灵感，按照一定的规则也能制造出强有力的语言。这个发现令我兴奋不已，胸中涌动的激动之情甚至让我有点儿上气不接下气。

之后的每一天，**我都会沿着新发现的线索不断深入地去发掘表达方式的规则**。之前我认为完全没有脉络的语言和表达方式，开始在我的脑海中产生了有机的联系。就像散落于黑色天幕上的星星，乍看上去凌乱无比、毫无规则，但若把它们联系起来看，就能看出美丽的星座。这个美丽的发现，给了我无限惊喜。好像自己在揭开这个世界的神秘面纱一样，非常不可思议。同样一句话，今天再读时的感觉，就和昨天有了天壤之别。

再后来，我获得了不少跟语言、广告文案策划有关的奖项。还有幸成为首位获得美国广告大奖金奖的日本人，前后共获得51个国内外奖项。甚至还有音乐制作人认为我写的文字十分感人，邀请我为歌曲作词，更没想到的是，由我作词的歌曲竟然还登上了日本公信榜第一名的宝座。后来，陆续有大学邀请我去当讲师。我想说的是，在我身上出现的变化，并不是逐渐发生的，而是从某一刻起就有了质的飞越。我认为，这全都托了表达能力提高的福。

实际上，我写的这本书不可能把表达方式的所有技巧都展现出来。你肯定会发现一些我没有提到，但你从自己的经验中已经领悟到，并早就在使用的技巧。其实，关键就在这里，我希望本书能够对读者朋友有所启发。已经开始使用某种表达技巧的人，可以通过本书确认你发现的技巧，并使用这种思维方式去发现更多的技巧。而尚未发现表达技巧的朋友，如能按照本书介绍的体系和顺序，很快就能掌握并使用全新的表达技巧。

我要介绍给你的语言制造方法，就像菜谱一样，只要按照顺序，选用同样的食材，就可以制作出和专业厨师水平不相上下的美味。当然，即使做同样一道菜，不同的人也会做出不同的口味来。不过，这也正是我们这个世界丰富多彩的原因所在。只要了解了规则，掌握了技巧，然后再怎么发挥就看个人的喜好了。

打动人心的语言是可以制造出来的，就像做菜时要遵照菜谱一样。

一旦掌握
表达方式中的技巧，
它将成为你一辈子的“利器”

越使用越锋利的表达方式之剑

首先举个例子，假设你在呼啦圈大赛中获得了第一名，这算得上一个不小的成就。可是，我们在日常生活中基本上用不到呼啦圈，所以你几乎没有机会在同事或朋友面前展示你的呼啦圈技能。再比如，你能背出圆周率小数点之后的100位，这个记忆能力可谓非比寻常。但是，你的人生中用到圆周率小数点后100位的机会微乎其微。

另一方面，学会表达方式的技巧，有什么用处呢？从你和下一个人说话的时候开始，变化就发生了；从你发出的下一封电子邮件开始，改变就出现了。可谓现学现用，效果立竿见影。按照这本书中的“秘方”制造语言，任何人都能在短时间内创造出令人吃惊的妙语。

不过，有一点需要提醒朋友们注意。一开始，要有意识地去“编造”语言。

就像第一次做菜时一样，首先按照菜谱上教的顺序一步一步来做，同时要把这些全记在大脑中。然后，经过第二次、第三次……反复练习，总有一天做菜时就不用再依赖菜谱了，做菜的方法会变成一种下意识的行为。不用量杯去量，也知道该放多少油，该加多少盐。语言的运用也是同样的道理，熟练之后，很多高明的语言可以无意识地脱口而出。所以，我想说的是，刚开始练习的时候，也许你会觉得很麻烦，但是请少安毋躁，坚持练习一周时间，你就能看到效果。

最初的最初，就是掌握基础知识。然后，再按照自己的风格加以改良，便可以创造出风味独特的菜品或者别具一格的语言了。说不定还能总结出一套自己的改编方法呢。表达方式这种东西，就是越用越“锋利”。**只要你不停止和别人进行交流，语言表达的能力就会越来越出众，它将成为伴随你一生的“利器”**。

九分表达力，一分考证书

找工作也好，升职也罢，一直守护你到最后的是你的表达方式

毕业于同一所大学、学习成绩不相上下的人，在求职面试的时候，为什么有的被录取，而有的被淘汰呢？大家都交了同样的学费，在同一间教室里，听同一位老师讲课，可结果为什么会如此不同呢？其实，理由很简单，每个人的表达方式各有不同。

我听说，最近热衷于考取各种资格证书的人越来越多。确实，在求职中，资格证书作为看得见的“武器”，有时很有用。我也曾考取过一些资格证书，并亲身体会到它们带给我的好处。但是，我希望大家明白，资格证书绝不代表一切。也有不少人参加了多种资格考试，拥有厚厚一摞证书，可是为什么最后还是找不到工作，或者难以晋升呢？这是因为，除了资格证书之外，还有某种更重要的个人素质。但令人不解的是，大部分人都把精力投入到看得见的资格证书上，而在我看来，它最

多只占一个人整体素质的10%。剩余的90%，是将自身魅力展现出来的表达方式和语言能力。

资格证书更多的是起到“装饰”的作用，表达能力则不同，它体现的是一个人的真正实力。**掌握表达方式和语言技巧的人，在工作中也一定能做出成绩来**。这一点请大家不要忘记。

表面上的东西更容易吸引人的注意力，因此，大多数人都把精力投入到考取资格证书这类看得见的东西上，这也是可以理解的。不过，若要放在天平上衡量一下的话，表达方式这种表面上看不出来的实力，才更重要。

而且，大家都去参加资格考试，大部分人也都拥有各种资格证书。相比之下，有意识地去学习表达方式的人却很少。这正是一个大好的机会，在别人还没有意识到的时候，你就开始学习表达方式的技巧，那么你就先人一步，在竞争中占得了先机。

这是一个更重视个人发言的时代

与餐馆推荐相比，餐馆员工的推荐更有说服力

先举个例子，假如你要买一部新的智能手机，这时，你更重视哪方面的信息呢?

曾经，电视广告对于商品的销售起到了巨大的促进作用，很多人会因为“电视里说这个不错”便去购买。但是现在，虽然不能说电视广告一点儿作用也没有，但至少不像以前那样具有说服力了。人们在购买某种商品前，会先咨询一下周围使用这种商品的亲朋好友，根据他们的评价决定是否购买。随着网络的普及，人们在购买商品时，会去网上搜索相关信息作为参考。但是，顾客不会只看这种商品的企业网站或官方网站，而是逐一查看用户的客观评价。因为在网上，用户会把商品的优点和缺点都赤裸裸地评价出来。

现在，个人发言拥有了相当强大的力量，这是以前的任何时候都不能比拟的。其实，对于这种变化，感受最深的应该就是我们自己。以

前，只是被动的信息接受者，突然之间，我们自己也变成了发言者，而且，我们的发言还相当有分量。

这种变化的背后，有两个原因。第一是人们“**对组织的不信任**”，第二是“**洪水般的信息在泛滥**”。之所以会对组织产生不信任感，是因为人们在各种各样的事件中认识到企业大多报喜不报忧，即只宣传对自己商品有利的信息。然而，现在的人学会了“透过现象看本质”，“广告里的话，不能全信”的氛围已经形成。

所谓“洪水般的信息在泛滥”，是指随着网络的发展，信息量呈爆炸式的增长，已经大大超出了个人所能处理的信息量。当人无法处理自己周围的所有信息时，便会只采纳认识的人或者特定某个人发出的信息。

看一下超市中出售的蔬菜就知道了。现在，种植蔬菜的菜农的名字频繁出现在商品的包装上。例如：

与“鹿儿岛农业协会的南瓜”相比，“福留数幸先生种植的南瓜”更让人心动。

再看看餐馆门前的招牌，以顾客的名义推荐菜品也变成了常事。

与“本店推荐毛蟹”相比，“顾客小美大力推荐的毛蟹”更吸引人。

如今的时代，个人的发言越来越有分量。这也就意味着，个人的表达能力将发挥越来越大的作用。可是，意识到这个问题的人还很少。如

与店铺推荐相比，
“具体某个人的评价”，
广告效果更强!

与“鹿儿岛农业协会的南瓜”相比，
“福留数幸先生种植的南瓜”更让人心动。

与“本店推荐毛蟹”相比，
“顾客小美大力推荐的毛蟹”更吸引人。

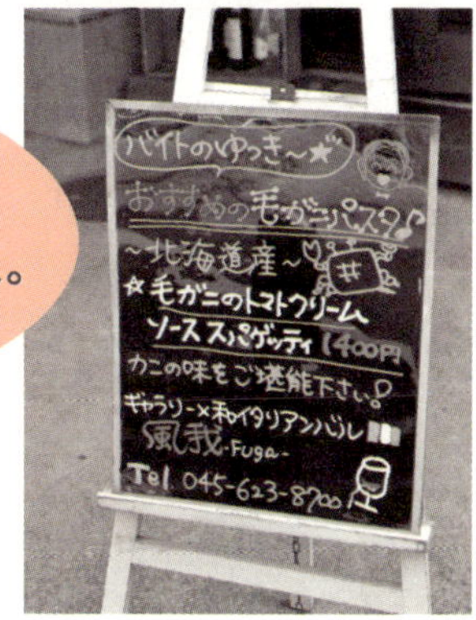

果把语言表达能力比喻成美味的毛蟹，那么，在这本书中我将告诉你一个满是毛蟹的秘密渔场，赶快去捕捉毛蟹吧!

跟语言的一般常识说再见

正确的遣词造句、教科书中的语法，在实践中没什么用

“叫一辆出租车。”

“打一辆出租车。”

请你看一下上述两种说法。从语法和逻辑的角度考虑，“叫一辆出租车”是正确的说法。“打一辆出租车”是我们常用的口头语，不符合语法和逻辑。但是，我下面的这句话可能会令语法专家们非常生气。

在这本书中，正确的说法是“打一辆出租车”。

为什么这么说呢？因为第二种说法更常用，更容易让对方理解。虽然说“叫一辆出租车”也能让别人听懂，但总感觉文绉绉的，充满了书

本气息，容易让对方在心理上与我们产生距离。

语言这种东西，本来就是为了便于人与人之间的沟通交流才创造出来的。不管语法再怎么正确，再怎么符合逻辑，如果不能有效沟通的话，也就没有了意义。严格遵循语法和逻辑说话并不容易，而且对于坚持这样做的人我非常尊重，但是，语言也是在不断地发展变化的。如果穿越到平安时代（日本历史上的一个时代）说现代日语，那么清少纳言一定会在《枕草子》中叹息道：“现在的青年男女，说话怎么如此奇怪？”相对于古日语来说，现代日语发生了很多变化，而且，还将继续变化下去。

在这本书中，我们不会讨论一句话的语法是否正确，是否符合逻辑。**我唯一要把握的一点，就是这种说法能否传达到对方的心里去**。而且，我也希望读者朋友们对语言变得敏感起来。其实，语言这种东西，比我们想象的都要自由。

内心很有感，表达却很苍白，大多数人都有这样的烦恼

强调个人发言能力的当今社会，正是个大好的学习机会

“有时我无法把自己的心意准确地传达给别人。”

“别人总是误解我的意思。”

“本来我是很感动的，可是当表达出来的时候，我就只会说一句‘真开心’。”

经常有朋友来找我诉苦。其实，曾经的我也是这样，而且世上大多数人都有这样的烦恼。拿我本人来说，这样的问题还曾困扰我很多年呢。根据我的经验和观察，很多存在类似问题的朋友，都在各自的人生中按照自己的方式进行尝试、失败、再尝试、再失败……并在这个过程中，一点儿一点儿地提高自己的表达能力。

然而，**我所推荐的方法并不是自己去摸索提高，而是向专家学习，**

借此迅速提高自己的表达水平。就像打高尔夫球一样，如果自己一个人在野外的草地上不停练习，击球水平也能逐渐提高，但是相比之下，到专业的球场和专业的教练学习，击球水平会在短时间内迅速提高。学习电脑也一样，与独自摸索相比，跟精通电脑的人学习，就会节省很多

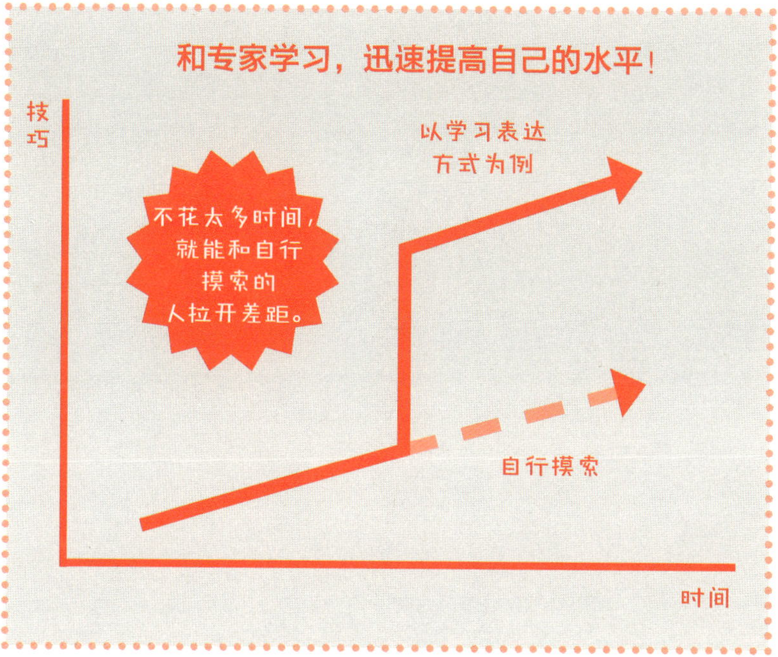

时间。学习表达方式的技巧，以及学习其他任何知识，也都是同样的道理。只不过，到目前为止，有意识地学习表达方式的人还很少。

大多数人都还没有意识到学习表达方式的重要性，而你已经知道了，这不是一个天大的机会吗？带着去一片未知的森林里探险的心情，勇敢前进吧！相信你一定能体验到提高表达能力给你带来的变化。

实际上，表达能力是可以通过后天的学习加以提高的。知道这一点的人还不多。

第一章

总　结

- 无中生有，改变人生。
- 决定成败的关键能力，没人在练习。对于你来说，这正是一个大好的机会。
- 决定成败的表达方式中存在简单的技巧。
- 资格证书，并不能拉开人与人之间的差距，真正能够制造差距的是表达能力。
- 这是一个更重视个人发言的时代。
- 教科书中教的语法，在实践中并不一定有用。
- 跟专家学习，短时间内提高语言表达的水平。

2
Chapter

第二章

只用语言力量，就可以改变对方的心意

别把决定权交给对方的心情，要用技巧把他们的“no”变成“yes”。

语言不是“想起来的”，而是“编造”出来的

任何人都可以编造语言，其中的“黄金配方”只是没有公开而已

语言这种东西，平时我们都是想起来就说，即兴时就写。思考的时间很短，想和说几乎是同时进行的。所以，大家都会认为，语言是我们“想起来的”，进而就会觉得那些头脑灵活、反应快的人，说话时更会随机应变，自然语言表达的能力也更强。

不过，我觉得语言是“编造”出来的。

虽然不是所有时候都需要“编造”语言，但是当我们脑海中浮现出一个重要的点子，并想把这个点子传达给别人的时候，我认为不能想到什么就马上说什么，而应该给自己一定的时间来“编造”语言。

作为广告文案策划人，每天的工作就是制造语言。如果按照“想起

来就说，即兴时就写”的节奏来工作的话，有的时候可能会得100分，而有的时候只能得20分。只有得90分以上的语言，才是真正能打动人心的语言。

如果只是凭借“想起来”或者“灵光乍现”来工作的话，那风险也未免太高了。也许今天大脑的状态比较好，但明天就说不准了，这可不是一个专业人士应有的职业水准。就拿享誉世界的法国菜来说，每道菜都有严格的配方。不管哪家法国餐厅的大厨，做出来的同一道菜，基本上都一样美味。也就是说，他们绝不是靠一时闪现的灵感在做菜，而是严格遵守一定的规则，才不让传统的口味出现太大的偏差。

接下来，**我就要为大家揭晓语言中的“黄金配方”了**。

别把决定权交给对方的心情

在第二章中，我将传授你一些**“求人”时，让对方的回答从“no”变成“yes”的语言技巧**。

根据调查显示，一个人一天对别人进行请求、拜托的次数平均为22次。

“鸡蛋请帮我煎到半熟。”

“下午一点钟开会，请不要迟到。”

“一起吃顿午饭，怎么样？”

“请帮我把这张发票报销了。”

“请在今天之内把资料整理完。”

向别人提出请求后，我们得到的回答有可能是“yes”，但也有可能是“no”。当然，上面所举的例子只是一些日常生活中的小事，当面

临人生中的重要关头时，我们请求的方法就显得至关重要了。比如，

“请跟我约会好吗？”

“贵公司是我的第一志愿（请录用我吧）。”

“请和我们公司合作吧。”

“嫁给我好吗？”

在这种“生死关头”，如果不精心选择语言，就直接地把心意表达出来，结果是成功还是失败，就完全靠运气了。**对于如此重大的请求，别把决定权交给对方的心情，而是通过我们自己的请求方式来提高对方回答“yes”的概率，这就是本章的目的所在。**

语言，具有逆转困境的力量。凭借语言的力量，我们可以将“no”变成“yes”。

这本书想告诉大家的并不单单是如何提高语言表达的能力。**我想把推动人生前进、实现梦想的钥匙交到你的手中。**我所挖掘出来的“宝贝”，如果能对朋友们的人生有所帮助，将是我莫大的荣幸。

将“no”变成“yes”的技巧分三个步骤

想把别人的拒绝变成同意，其实只需要三个简单的步骤。虽然不能保证100%都能让对方答应我们的请求，但不管什么样的请求，只要按照这三个步骤去做，就能大大提升对方回答“yes”的可能性。关键在于非常简单，看过之后你马上就能付诸实践。

将“no”变成“yes”的技巧

步骤1：不要把自己大脑中所想的，直接用语言表达出来

当你想向别人提出某种请求，或者脑海中浮现出某个念头时，是不是直接就用语言表达了出来？

直截了当地表达自己的心意，有的时候可以收到很好的效果。但

步骤1：

是，也有一半的概率得到拒绝的答复。不管怎样，我们要视情况而定。如果判断直截了当地表达效果不错，那么直说也无妨。然而，不管什么情况都直来直去有话就说，那和赌博有什么分别？尤其是事关重大的请求，把结果交给轮盘（一种赌博工具）来决定，你真的放心吗？假如成功的概率是50%，那我们要做的就是想方设法提高成功的概率，而语言可以助我们一臂之力。

要想改变以前一直被拒绝的状况，首先要果断摒弃以前的表达方法。**第一步，不要把自己大脑中所想的，直接用语言表达出来。**

将“no”变成“yes”的技巧

步骤2：想象对方大脑中所想的事情

向别人提出请求前，先要管住自己的嘴，不要直接表达出来。然

步骤2：

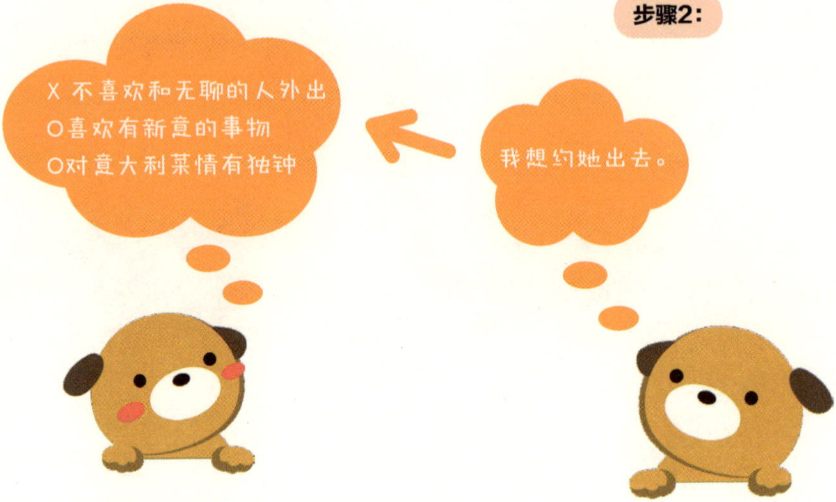

后，**思考一下对方对于自己的请求会做何感想，或者想象一下对方平时大脑中所想的事情。**

假设你想约一个漂亮的女孩儿共进晚餐或一同去看电影，你可以先想象一下如果自己提出这个请求，对方心里会有什么样的感受。如果你判断对方很有可能接受你的邀请，那无须婉转，直抒胸臆就好。

相反，如果你预感自己直截了当地邀请的话，对方多半会拒绝，那就暂时不要开口提这件事。

接下来你应该如何做，请听我慢慢讲解。

先抛开自己的请求，试着想象一下对方大脑中所想的事情。比如，她喜欢什么？讨厌什么？她是什么样的性格……把你所了解的对方的基本信息都在脑海中罗列一遍。

假设对方“喜欢有新意的事物”，并“对意大利菜情有独钟”。

将“no”变成“yes”的技巧

步骤3：让自己的请求符合对方的利益

接下来，我们就要根据对方大脑中的想法来“编造”语言。

在编造语言时，**重点在于顺着对方的思路来想**。换言之，就是要做对方喜欢的事，说让对方开心的话。从结果上来说，只要我们的请求得到同意，就达到了目的。

如果对方“喜欢有新意的事物”，并“对意大利菜情有独钟”的话，那我们就据此编造出让对方感兴趣的语言。

“我发现一家味道超好的意大利餐厅，想不想尝尝去？”

美味的意大利菜，正是对方求之不得的。因此，我们以这种方式提出请求，对方回答“yes”的可能性很大。

其实，刚才那句话中，还隐含了一层意思。

“我发现一家味道超好的意大利餐厅，想不想（和我一起）尝尝去？”

你的目的是和心仪的女孩儿约会，但是直接提出约会邀请的话，很可能会遭到拒绝。所以，请求约会这一部分暂且不说。我们换一种方

式，只是“单纯”地邀请对方去意大利餐厅共进晚餐如何？意大利菜正好符合对方喜欢的口味，于是她欣然同意前往。一起去餐馆共进晚餐，不就等于约会吗？

这就是我所说的让自己的请求符合对方利益的方法。

按照上述三个步骤编造语言，会让对你说“no”的人越来越少。之前无法实现的事情，今后也能顺理成章地如愿以偿。

先遵循步骤，自然养成习惯

前面所讲的编造语言的三个步骤，适用于任何请求。只要按照这三个步骤编造语言，不管在什么时候，处于何种情况下，请求成功的概率都会大大提高。

一开始，要有意识地在大脑中重复这三个步骤。如果容易忘记，可以把它们写在纸上随身携带。当然，要想一次性就成功，也不太现实。就像按照菜谱做菜一样，总要对着菜谱练上三四次，才会见到成效。慢慢地，不用看菜谱也能炒出一手好菜。这就叫“习惯成自然”。

我在给学生们做关于表达能力的讲座时，也会教他们这种“三步走请求法”。结果，我惊奇地发现，大部分学生都能很快把握要领，并马上应用到实践中。这使我坚信，“三步走请求法”不仅简单易学，而且实用有效。

当然，也有无论如何也难以掌握这种方法的朋友。他们多半是因为性急，没有踏踏实实地按照这三个步骤来做，不想绕弯路，一心只想马上见到效果。因为大家都不是专业的大厨，**如果不老老实实按照菜谱来做，而是自己想当然地去烹饪，那么做出来的菜难免会和想象中的存在差距。**

将"no"变成"yes"的七个切入点

我想，读者朋友们已经掌握了"三步走请求法"的技巧。特别是刚开始学习表达技巧的朋友，我建议你先按照这三个步骤慢慢来。就像第一次做菜一样，虽然谁都想做好，但若太着急，反而容易失败，说话也是同样的道理。

在熟练掌握之前，还是按部就班的好。即使做一份简单的炒饭，我想至少也要分十几个步骤，而我教你的"三步走请求法"只有三个步骤，掌握起来要容易得多。不过，在熟练掌握之前，一定要有意识地一步一步走。

在第二个步骤"想象对方大脑中所想的事情"中，其实还有七个切入点。在想象对方大脑中所想的事情时，我们应该选择其中最能打动对方的。下面就让我们从具体的例子中来学习这七个切入点。

将“no”变成“yes”的技巧分三个步骤

步骤1

不要把自己大脑中所想的，直接用语言表达出来

步骤2

想象对方大脑中所想的事情

其中有七个切入点

步骤3

让自己的请求符合对方的利益

将“no”变成“yes”的七个切入点

1 选择对方喜欢的事物

在将“no”变成“yes”的技巧中，选择对方喜欢的事物，堪称“王道”。

不直接提出自己的请求，而是根据对方喜欢的事物“编织”理由，就把自己的请求变成了对对方有利的事情。这样一来，对方答应我们请求的概率也会大大提高。

假设对方对你毫无兴趣，那么想约她出来的话，该怎么说呢?

“请和我约会吧！”

⇒ 这个请求只对你自己有好处。

“我发现一家味道超好的意大利餐厅，想不想尝尝去？”

⇒ 根据对方的喜好编织出来的理由，让我们的请求变得对对方有好处。

虽然请求的内容相同，但如果掌握了请求的技巧，就像第二种表达方式一样，有可能将原本不可能的事情变为可能。“选择对方喜欢的事物”编织理由，是请求技巧中的第一个切入点，也是应该最先掌握的技巧。下面我们来看几个实例。

✕ **“请和我约会吧！”**

这个请求只对你自己有好处。

○ **“我发现一家味道超好的意大利餐厅，想不想尝尝去？”**

根据对方的喜好编织出来的理由，让我们的请求变得对对方有好处。

假设有一天我在外面跑业务，一天要见两位客户，时间非常紧迫。到了午饭时间，我想吃比较省时的快餐，恰巧看到前面有家快餐店，我便走了进去。看过菜单后，我发现我想吃的鸡腿汉堡似乎要等很长时间，心里便想："要不还是换一家吧？"就在我要转身离开时，店员对我说了这样一句话：

"我们有刚做好的鸡腿汉堡，您能稍等四分钟吗？"

听店员这么一说，我决定留下来等。刚做好的鸡腿汉堡热气腾腾，想想都让人直流口水。可是，回过头来仔细一想，他们出售给顾客刚做好的汉堡难道不是理所应当的吗？只有做好了才能出售给顾客，总不能把一个半生不熟的汉堡给我呀！由此可见，那位店员深谙表达的技巧，他刚才的那句话就抓住了第一个切入点——"选择对方喜欢的事物"，成功说服我留了下来。

如果换一种表达方式，情况会如何呢？

店员只说："您能稍等四分钟吗？"听过这句话，我会觉得店员的请求和我的利益相冲突，我只会果断起身离开。因为我来快餐店就餐，就是为了节省时间，不是来等待的。"我们有刚做好的鸡腿汉堡，您能稍等四分钟吗？"对于店员这样的请求，虽然同样让我等待四分钟，可是**前半句话刚好说中了我喜欢的事物，让我感觉他是站在我的角度想问题，结果就大不一样了**。

从这个例子我们也可以看出，直接表达请求的意图，很可能得到

“no”的结果，而借用“对方喜欢的事物”提出请求，往往能得到“yes”的答复。

再举一个例子。在这个例子中，只需一句话就能打消乘客的“烦躁”情绪，瞬间提升服务质量。

那是有一次我去香港出差时遇到的事情。我乘坐的那趟航班满员，乘客中一大半都是因公出差的商务人士，所以机舱中弥漫着一种紧张、焦躁的气氛。当飞机降落到香港机场之后，机上的乘客开始躁动起来。这时，机上广播传来了播音员清亮的声音：

“坐在机尾的乘客，距离您下机可能还需要一段时间，请您慢慢收拾随身物品，做好下机准备。”

我认为这段广播相当精彩。

下飞机，确实是一件麻烦的事情。飞机上的通道非常狭窄不说，前后距离还很长，只有等前面的乘客收拾好行李向前移动之后，自己才能紧随其后挪动脚步。总之，就我个人的经历来说，下机绝对不是一件快意的事情。于是，我想：“恐怕这次也会很麻烦吧。”可就在这个时候，听到了播音员的声音：“……请您慢慢收拾随身物品，做好下机准备。”

对于飞机上匆忙的商务人士来说，这句话无异于一股凉爽的清风拂过面颊，让人的心情一下子放松下来。然而，我以前乘坐飞机时听到的广播都是这样的：

“坐在机尾的乘客，请在座位上耐心等待！等您前面的乘客下机之后，再行下机。”

显而易见，这是乘务人员按照自己的想法直接对乘客提出的请求。可是，当飞机着陆停稳的那一刹那，所有乘客都想尽快下机，这也是人之常情。如果此时乘务人员只是生硬地对乘客说一句“请在座位上耐心等待”，虽然事实上也只能如此，但是会给乘客留下一种服务不太贴心的印象。

如果乘务人员对乘客说“请您慢慢收拾随身物品，做好下机准备”，乘客就会感到，乘务人员真心为自己着想，他们的服务很贴心。虽然两种说法的意思都是“下机可能要花一定的时间，请大家忍耐一下”，可是，因为说话方式的不同，会给乘客留下反差极大的两种印象。

以前，当飞机停稳后，我总是立刻起身去行李架上提取行李。可是在那次去香港的航班上，听到机上广播之后，我就没那么心急了，而是不慌不忙地检查随身物品，看有没有东西遗忘在飞机上。回想一下，以前匆匆忙忙下机之后，心中总会莫明地产生一种不安感，担心有东西遗忘在飞机上。而这次，当我收拾好随身物品，把衣襟拉正的时候，通道上的乘客也正好开始向前移动了。

将“no”变成“yes”的七个切入点

2 回避讨厌的事物

根据对方讨厌的事物，也可以制造出高明的请求方法。切入点是“你讨厌这个吧，那就别选这个了”。这种方法使用得当的话，可以收到很好的效果。

青青草坪，不希望有人进去践踏。如果请你写一个不许踩踏草坪的告示牌，你会怎么写呢?

“禁止踩踏草坪！”

⇒ 这是只从自己的角度来考虑问题，只对自己有利。

“草坪已喷洒农药，进入草坪，会沾染农药气味。”

⇒ 这是根据对方讨厌的事物“编造”出的理由，听取你的意见（不踩踏草坪）对对方来说是有好处的。

仅仅立一个“禁止踩踏草坪”的告示牌，并不能有效阻止人们进入草坪。所以，在这种情况下，我们最好不要直接表达自己的意图，而是想方设法让人们“发自内心地”不想进入草坪。由此，我们可以设想一下利用**大家讨厌的农药，来编造公告语，**一定能收到很好的效果。

我从广告策划界的前辈小西利行先生那里听到这样一则趣事。话说某个地区频繁发生流氓骚扰女性的案件，当地居民为了威慑流氓和提醒女性注意，特意张贴了一张海报以示警告，海报上写：“流氓出没，请注

“禁止踩踏草坪！”

✕ 这是只从自己的角度来考虑问题，只对自己有利。

“草坪已喷洒农药，进入草坪，会沾染农药气味。”

○ 这是根据对方讨厌的事物“编造”出的理由，听取你的意见（不踩踏草坪）对对方来说是有好处的。

意！”可是，流氓活动依然猖狂。后来，有人把海报上的文字修改了一下，就再也没有流氓出现了。你能想到修改之后的海报上写了些什么吗?

“在当地居民的协助之下，流氓终于被捉住了！谢谢大家！”

为什么这样修改之后，就收到了如此神奇的效果呢？因为这是从对方（流氓）“讨厌的事物”出发编造出来的警告语。

“流氓出没，请注意！”当地居民最初张贴这样的海报，是想威慑流氓，希望他们不要再肆意妄为，但是基本上没有什么效果。这是因为当地居民跳过了“步骤2”，**即没有想象对方（流氓）大脑中所想的事情**。对于流氓来说，看到那张海报，最多会不屑一顾地哼一句：“这是在警告我啊。”

“在当地居民的协助之下，流氓终于被捉住了！谢谢大家！”修改之后的警告语，明显是在想象了流氓大脑中所想的事情后编造出来的。流氓最害怕的就是“被逮捕”以及“当地居民建立协防体制”。看到这两点之后，恐怕再嚣张的流氓也不敢轻举妄动了吧！不仅如此，这句警告语还将当地居民想阻止流氓继续滋事的愿望和流氓不想被抓住的心理很好地结合在一起。这也成为成功利用对方“讨厌的事物”来请求的经典案例。

这个例子再一次证明，同样的请求会因为表达方式的不同，出现完全不同的结果。

将“no”变成“yes”的七个切入点

3 提供选择的自由

“选择的自由”是从“选择对方喜欢的事物”中引申出来的技巧。应用这一技巧时，首先要列举出两个以上对方喜欢的事物，然后请对方进行自由选择，引导事情向前发展。选择的自由本身，对于对方来说就是一个好处。

人在说“yes”前，必须先做一个“决断”，而人在做决断的时候都会非常慎重。即使我们的请求符合对方的利益，甚至对他来说有莫大的好处，对方也有可能不会同意。**总之，人类是不善于做“决断”的动物。**

如果提供两个选项供对方选择的话，那就轻松多了。可以说，人类更擅长“比较”。

实际上，进行比较这个行为本身并不等于决断，但是，当人说出“这个比较好”的时候，大脑就会误认为自己已经做出了决断。利用这种心理，我们为对方提供“选择的自由”，可以帮助他更加轻松地做出“决断”。

假设你心仪的对象对你一点儿感觉也没有，可是你想约她（他）出来，这个时候你该如何开口呢?

“请和我约会吧！”

⇒ 这个请求只对你自己有好处。对于你的请求，对方必须得做出“决断”，在同意和拒绝二者中选其一。

“我发现一家味道超好的意大利餐厅，还有一家吃石锅牛肉的饭店，你更喜欢哪一家？”

⇒ “做比较”比“做决断”要轻松得多。我们提供的两个选项都是对方喜欢的，而且还提供了选择的自由，这对于对方来说，简直是双重好处。

为对方提供选择的自由，可以进一步提高你的请求被接受的成功率。不论对方选择哪一项，你都可以成功约她（他）出来。换言之，只要她（他）做出选择，你就成功了，因为你的目的就是和她（他）约会。

当然，除了和心上人约会之外，这个技巧还适用于很多情况。举个

“请和我约会吧！”

×

这个请求只对你自己有好处。对于你的请求，对方必须得做出“决断”，在同意和拒绝二者中选其一。

“我发现一家味道超好的意大利餐厅，还有一家吃石锅牛肉的饭店，你更喜欢哪一家？”

○

“做比较”比“做决断”要轻松得多。我们提供的两个选项都是对方喜欢的，而且还提供了选择的自由，这对于对方来说，简直是双重好处。

商务工作中的例子，假设我要向客户展示我的新创意，遇到这种情况时，即使我现在手头上有一个我个人非常有自信的创意，我也会向客户展示多个创意方案。

只提供一个方案，然后询问客户：“您看这个方案怎么样？”

“我有A和B两个方案，您看哪一个更好？”

相比之下，第二种说法更容易让对方做出回答，因为人类有一个本能就是喜欢选择。当我展示过A和B两个方案后，客户很快就会将二者进行比较。“与A方案相比，似乎B方案更贴近主题”“B方案好一些”……表面上来看，客户只是在进行比较，可他们在大脑中会误认为自己已经做出了决断。

我想达到的目的是获得客户的认可，并最终和我签约。至于客户是选择A方案还是B方案，都没关系。

将“no”变成“yes”的七个切入点

4 满足渴望获得认可的欲求

在“步骤2”中，当我们发觉对方大脑中有“想获得别人认可”或“想让自己看起来更有面子”的欲求时，有一个非常有效的说话技巧，这也正是本小节将为你介绍的技巧。

本来，任何人都渴望获得别人的认可，这是人类的一种本能。证据之一就是刚学会站立的婴儿，当大人表扬一句“能站起来了，真厉害！”的时候，宝宝脸上总会露出开心的笑容，而且以后还会不断地尝试站立。**“渴望获得认可的欲求”已经记录在了人类的DNA中，为了满足这个欲求，即使有些事很麻烦，人们也愿意付出努力去尝试。**关于这一点，不管年龄几何，也不论是男是女，都是一样的。所以，当我们想提出某个比较麻烦的请求时，就可以利用对方“渴望获得认可的欲求”的心理。

例如，你想拜托部下加班的时候，该怎么说才能让部下欣然接受呢?

“能拜托你加一下班吗？”

⇒ 这个请求只对你自己有好处。

“你做的策划书很出彩，能进一步完善一下吗？”

⇒ 首先要认可对方。对方得到认可之后，再麻烦的请求，也会乐于接受。

其实，我们的每一个请求，在对方看来都是一件“麻烦的事情”。也有人说，上面例子中的双方是上司与部下的关系，上司给部下安排工作，部下必须得做，上司根本不用使用什么语言技巧。然而，如果上司能够用语言充分满足部下“渴望获得认可的欲求”，部下的工作态度会截然不同。最终，部下提交的工作成果，其质量也肯定远远胜过被迫工作的情况。

“能拜托你加一下班吗？”

×

这个请求只对你自己有好处。

“你做的策划书很出彩，能进一步完善一下吗？”

○

首先要认可对方。对方得到认可之后，再麻烦的请求，也会乐于接受。

我还曾经遇到过这样一件事情。我有一个朋友人称“四角大辅”，他曾是知名女歌手绚香和日本乐队Superfly的制作人。有一次，我和四角大辅一起到大学里给学生们做演讲。那天演讲的主题是“为了让世界变得更美好，我们能做点儿什么”。

围绕这个主题，我先开口说：“大家可以体验一下当志愿者。”没想到，竟然引发了会场一阵不小的骚动。在座的一名学生突然大叫起来：“**志愿者什么的，都是伪善的！**”这句话引起了不少同学的共鸣，过了很久会场才又恢复平静。我知道，虽然有些同学平时不说出来，但在他们心里，对于志愿者活动存在看法，认为志愿者伪善的也不在少数。

就在我陷入语塞的尴尬境地时，“四角大辅”开口说话了，他对学生们说：

“明星、艺人等只要参加志愿者活动或做公益活动，就会招来负面评价。不过，对于负面的评价和嘘声，大家完全没必要放在心上。虽然参加志愿者活动时有可能被人批判为伪善的人，但是，谁能说他们所做的志愿者工作完全没有意义呢？与毫无作为的人相比，还是行动起来的人更加了不起。而且，一点儿一点儿的行动积累起来，不就可以改变我们的世界了吗？”

“四角大辅”的这番话，不仅解开了学生们的心结，还对他们进行了充分的认可，满足了他们“渴望获得认可的欲求”。像我那样直截了当地建议“大家可以体验一下当志愿者”的话，首先，学生肯定不会打心底里自愿去参加；其次，没准儿一部分同学还会觉得我的演讲无聊至极，以致离席而去。但是，听四角大辅讲完，学生们竟然自发自愿地组织起来，准备去参加志愿者活动，因为他们的心被打动了。就连在我演讲时喊“志愿者什么的，都是伪善的！”那位同学，也四处奔走，把志愿者活动的好处宣传给更多的人。

将“no”变成“yes”的七个切入点

5 善用“仅限您一个人”的威力

在“步骤2”中，如果发觉对方“容易寂寞”或“比较自恋”的话，使用“仅限您一个人”的技巧将会收到意想不到的效果。

原本，“仅限您一个人”，对于任何人来说都是一个不小的诱惑。越是那些愿意花数万日元买一个花瓶的人，越容易被这个技巧所打动（笑）。不过，在使用这个技巧时，有一个前提，那就是要本着从良心出发，不可坑人害人。非常讽刺的是，虽然这个技巧被称作“仅限您一个人”，实际上，要向很多人提出请求时，这个技巧更有效。

举例来说，当地方自治会要召开会议时，通常情况下，当地居民谁都不愿意抽时间去参加。这个时候，就可以使用“仅限您一个人”的技巧了。

“请您来参加自治会的会议。”

⇒ 这个请求只对你自己有好处。

“即使不邀请任何人，我们也得邀请齐藤先生您出席。”

“请您来参加自治会的会议。”

✕ 这个请求只对你自己有好处。

“即使不邀请任何人，我们也得邀请齐藤先生您出席。”

○ 记得要说出对方的名字，让对方觉得“自己是十分重要的人物”。满足了对方的心理需求后，出席会议便成了对他们有益的事情。

⇒ 记得要说出对方的名字，让对方觉得“自己是十分重要的人物”。满足了对方的心理需求后，出席会议便成了对他们有益的事情。

在我居住的城市，有一家非常受欢迎的越南菜馆。虽然它的位置非常偏僻，驾车前往也得花费很长时间，但还是有很多人大老远地专程打出租车前去品尝美食。在朋友的强烈推荐下，我也慕名前往一探究竟。

那天，不太宽敞的店里客人非常多。品尝过后，我觉得那家餐馆的菜品确实美味，但是并没有预想中的那么神奇。那家餐馆如此受欢迎的秘密到底是什么呢？正当我百思不得其解的时候，店主亲自到餐桌前，对我说了这样一番话：“**这是为初到小店的你专门准备的一份甜品，这是一种非常珍奇的水果，而且本店今天只剩最后一份了。**”随后，店主端上一份看起来非常豪华，而且是我从没见过的水果拼盘，摆在了我的面前。

我当时别提有多感动了。本来，我点的套餐中只配了一份菠萝甜品，没想到最后店主竟然给第一次来光顾的我送上了如此豪华的专属甜品。店主果然深谙“仅限您一个人”技巧的威力。一瞬间，我就成了那家越南菜馆的粉丝。

说到这里，这个故事还没有讲完。正当我非常感动地品尝那份专门为我准备的特别甜品之时，店主又为我隔壁桌的客人端来了一份同样的“特别甜品”。“什么？！不是只剩最后一份了吗？”在我离开餐馆之前，不经意地朝厨房里望了一眼，这一望不要紧，着实让我吃了一惊。那份只为我准备的，而且只剩最后一份的特别甜品，在厨房里还有很多盘。原来，这家超人气餐馆的店主，对所有客人都使用了“仅限您一个人”的技巧。

将“no”变成“yes”的七个切入点

6 团队化

在“步骤2”中，**如果我们发觉对方“怕麻烦”或者“没找到做这件事的必要性”时，使用“团队化”的技巧相当有效**。这个技巧很简单，就是不要把请求的事情单单推给对方去做，而是“我们一起来做吧”，让自己和对方形成一个团队。因为当人独自做某件事时，容易产生惰性，而同别人合作时，会相互促进，提高彼此的积极性。

人类原本就很重视社交，并且喜欢集体行动。看到别人做某件事时，自己也会产生做这件事的欲望。举例来说，有些女性朋友，一个人的时候就懒得去美容院，可是如果有朋友提议“一起去美容院”，她会欣然前往。

一些社会现象中也蕴含着同样的道理。**一个人过马路时，看到红灯一般都会停下来等候，但是如果看到有人闯红灯，就会忍不住也跟着一起走过去。**

再给你出一道题。假设你的孩子不喜欢学习，那么该怎么说，才能让孩子乖乖去学习呢？对于所有家有儿女的父母们，我要悄悄告诉你们一个方法。

“赶快去学习！”

⇒ 这个请求只对你自己有好处。

“我们一起来学习吧！”

⇒ 虽然对孩子来说学习很麻烦，但是如果有人和自己一起学的话，那就轻松多了。

相信大多数父母都有体会，“赶快去学习！”这句话不管对孩子说几遍，不喜欢学习的孩子都不会乖乖地坐到书桌前。孩子表达情绪的方式是非常直接的，不想做的事情，就是不愿去做。那么，如何才能让孩子不那么讨厌学习呢？我教你一句具有魔力的语言。

“我们一起来学习吧！”

就是这么简单。其实，这就是一个运用“团队化”技巧的请求方式。以前，你催促孩子“赶快去学习”时，孩子基本上都不为所动。即使回到了自己的房间，他们也是看漫画或者玩游戏，不会碰一下书本。

我有一个朋友，就曾为孩子的学习伤透了脑筋。不管如何催促孩子“赶快去学习”，都收效甚微。有一次，看到孩子在客厅学习时，他对孩子说了一句：“我们一起来学习吧！”然后，找出一本自己喜欢的书，在孩子旁边兴趣盎然地读了起来。没想到，孩子就这样一直认真地学习了很久。从那个时候起，他就发现了“我们一起来学习”这句话所具有的魔力。

“赶快去学习！”

× **这个请求只对你自己有好处。**

“我们一起来学习吧！”

○ **虽然对孩子来说学习很麻烦，但是如果有人和自己一起学的话，那就轻松多了。**

从本能来讲，人喜欢和别人共同做一件事情。这是远古时代我们的祖先就已经发现的智慧。当有人外出打猎时，大家会和他一起去；当有人外出采集果实时，也会有人陪同。这样做可以让人工作起来更加轻松愉快。这种行为模式也已经深深地印在了人类的脑海中。

不过，运用这一技巧的一个前提是，我们自己也要一起行动。比如和孩子一起学习时，我们要坐在书桌前认真地学习。当然，学习的内容可以依据爱好自由选择。

再举一个更加深入的例子。有一次，我去听本田直之先生的演讲，他吸引听众注意力的方法给我留下了极为深刻的印象。

不管什么样的演讲，听众中总有认真来听的，也有来打酱油的。特别是坐在后排的听众，很多都是滥竽充数的。

演讲一开始，本田真之先生连珠炮般向听众抛出了一系列的问题。

“在座的各位中，有没有人觉得自己怕麻烦？”

“在座的各位中，有没有人讨厌乘坐满员的地铁？”

“在座的各位中，有没有人不喜欢在固定的办公桌前工作？”

结果，每当本田真之先生提出一个问题，会场上几乎所有听众都会应声举起手来。其实，这些问题本来就是大多数人都会有共鸣的问题。接着，本田真之先生说道：

“我也和大家一样。”

在各个领域都非常成功的本田真之先生竟然和自己有相似的习惯，

这让会场中的所有人都陷入一种轻度兴奋的状态。结果，演讲非常成功。当然，本田真之先生的演讲内容非常精彩是最重要的原因，不过，开场提出的几个问题也功不可没。因为那几个问题，让这场演讲不再是演讲者的独角戏。因为听众感到自己和本田真之先生之间存在很多共同之处，于是演讲就变成了演讲者与听众的“共同表演”，换言之，听众也参与到演讲中来了。

本田真之先生的演讲，在空前的盛况之下，一转眼就过了90分钟。可我个人感觉，好像只有20分钟而已。如果开场只是一句“请各位朋友听我慢慢讲来”，那么恐怕没多久，听众席中就会传来沉睡的鼾声。但是，本田真之先生用一句“我也和大家一样”打动了全体听众的心，激发出了大家来听演讲的兴趣。

将“no”变成“yes”的七个切入点

7 感谢

接下来为你介绍最后一招儿。在“步骤2”中已经介绍了六个切入点，当这六个技巧都无法使用的时候，就该轮到这“最后一招儿”出场了。

“感谢”是人与人交往中最基本的礼仪之一。从远古时代起，人们在向别人请求、向上苍祈求的时候，就已经会表达感激之情了。世界各国的农业文明中，大多都有庆祝收获的节日。在那一天，人们要感谢上苍给予的丰厚收获，同时祈求明年风调雨顺。伊东明先生有一本名为

《三句话便可操纵男人》畅销书，书中也告诉我们感谢的话语是“驱使”别人的最佳武器。

说出“谢谢”这句话之后，对方就很难开口拒绝我们了。

举个例子，假如你有一张发票需要报销，那么你该如何向公司的财务人员表达这个请求呢?

“请帮我把这张发票报销了。”

⇒ 这个请求只对你自己有好处。

“一直以来都承蒙您的照顾，真是非常感谢！您看，这张发票可以报销吗？”

⇒ 表示感谢之后，对方就很难拒绝了。

“请帮我把这张发票报销了。”

✕

这个请求只对你自己有好处。

“一直以来都承蒙您的照顾，真是非常感谢！您看，这张发票可以报销吗？”

○

表示感谢之后，对方就很难拒绝了。

最近，超市卫生间张贴的清洁告示，都发生了改变，加入了感谢的话语。以前是这样写的：

“请注意保持卫生间的清洁。”

这样来写，只对超市的经营者自己有好处。注意卫生的人自然会保持卫生间的清洁，而不注意卫生的人，依然我行我素。

现在，清洁告示上的文字一般都改为：

“请注意保持卫生间的清洁，谢谢！”

只是简单地加入了“谢谢”两个字，就能让人对自己的行为加以注意。实践证明，“谢谢”这两个字的效果是非常显著的。

请求不单单是己方的语言，而应该是双方共同的事情

如果将自己的请求直截了当地表达出来，那么对方究竟会说“yes”还是“no”，就完全看运气了。但是，如果能在想象对方大脑中所想的事情的基础上，适当改变一下自己的表达方式，就可以让对方回答“yes”的概率大幅提高。

为什么这样说呢？因为如果能运用前面介绍的技巧，会让我们的请求变成对对方有利的事情，若能如此，对方自然愿意答应。

将“no”变成“yes”的技巧，其关键点其实在对方心中。耐心读到这里的朋友，想必你已经发现了。**请求，并不单单是己方的语言，而应该是双方共同的事情**。只有让自己的利益和对方的利益达成一致的时候，请求才容易获得成功。

如果能在实践中运用我前面介绍的语言表达技巧，可能会改变你的

未来。不论求职、跳槽、留学，还是在结婚等人生的重要时刻，语言表达的技巧都十分重要。不过，请不要忘记这一点，并非掌握了书中介绍的语言表达技巧就万事大吉，人生从此便会一帆风顺。如果你这样想，那些技巧就只会停留在很肤浅的程度，在现实中不会产生任何突出的作用。

此外，运用这些技巧时，最重要的是想象对方大脑中所想的事情。换言之，就是要学会换位思考。

这本书读到这里，如果你有事需要求人的话，请有意识地使用前面介绍的三个步骤和七个切入点。与以前相比，相信你一定会在语言表达方面有很大的突破。

将“no”变成“yes”的七个切入点

①选择对方喜欢的事物

②回避讨厌的事物

③提供选择的自由

④满足渴望获得认可的欲求

⑤善用“仅限您一个人”的威力

⑥团队化

⑦感谢

实现愿望的关键，不在你口中，而在对方心中。

生活中随处可以练习将“no”变成“yes”的技巧

我编写这本书的目的之一，就是让读者阅读后马上就可以应用表达方式的技巧。为了再次确认将“no”变成“yes”的技巧的含义，我们一起来做两道练习题。不过在此之前，我们先来回顾一下“三步走请求法”。

步骤1：不要把自己大脑中所想的，直接用语言表达出来。

步骤2：想象对方大脑中所想的事情。

步骤3：让自己的请求符合对方的利益。

接下来，就让我们按照上述三个步骤来编造请求的语言。

练习题1 请不要把自行车停放在我家门前

假设总有人把自行车停放在你家门前，挡住通道使你进出十分不便。你想在家门前张贴一张告示，告知大家不要把自行车停放在这里。你会如何写这张告示呢?

首先，步骤1。

不要把自己大脑中所想的，直接用语言表达出来。即使你在自家门前贴一张“禁止停放自行车”的告示，也不会有人拿它当回事。

接下来，步骤2。

想象对方大脑中所想的事情。如果直截了当地告知大家“不要在门前停放自行车”，停车的人不一定听从劝说，没准儿还会有人产生逆反的心理，“越不让我停，我越要停！”

这个时候，该从哪个切入点着手呢? “选择对方喜欢的事物”“回

避讨厌的事物”“提供选择的自由”，这三点看起来都可行。当然，这里没有一个标准答案。针对不同的切入点，可以采用不同的请求方法，这要视具体情况而定。你可以根据自己的需要选择合适的方法。

“选择对方喜欢的事物”，从这个角度出发的话，我们可以想象出对方大脑中可能在想：“把自行车停放到离地铁站比较近的地方更好。”

“回避讨厌的事物”，从这个角度出发的话，对方可能在想：“如果自行车丢了，就麻烦了。”

“提供选择的自由”，从这个角度出发的话，对方可能在想：“我想把自行车停放到离地铁站比较近的地方（而不是这里），或者更安全的地方。”

在这里，我们选择从“回避讨厌的事物”出发。一般人都会认为，停放自行车时最不想出现的情况就是回来时发现自行车不见了。

步骤2：

最后是步骤3。

在选定了切入点的基础上，制造己方利益和对方利益一致的请求方法。如果认为对方不想丢失自行车的话，可以在告示牌上写“在此停放自行车，有可能丢失”或者“在此停放自行车，将被拖走丢弃”。

这样的告示语就让你“不要在此停放自行车”的愿望与别人“不想丢自行车”的想法达成了一致。

如果将自己大脑中的想法直接表达出来，告示牌上的文字就会是“此处禁止停放自行车”。可是，这样的警告并不能得到预期的效果。但是，如果在告示牌上写“此处是废旧自行车丢弃场”，恐怕就没有人愿意把自己的自行车停放在这里了。只有根据对方大脑中所想的事情采用对应的请求方法，才能打动对方。

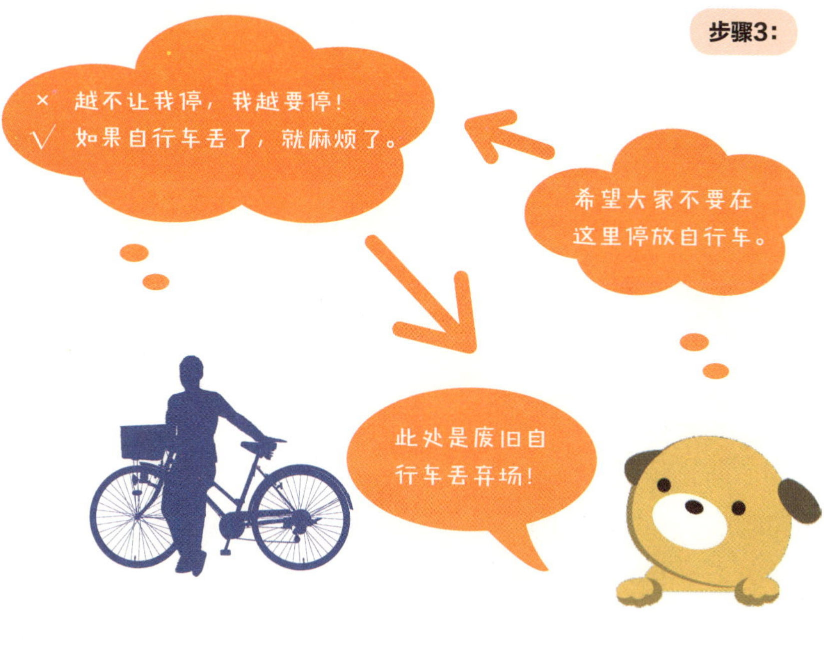

练习题2 请把不用的电器关闭

假设你家里有人总是“手懒”，出门前从不随手把开着的电器关掉。即使你总是提醒他“请把不用的电器关闭”，对方也只是左耳进右耳出，毫无效果。这时，该怎么说才能让他自觉关闭不用的电器呢?

首先，步骤1。

不要把自己心里所想的直接表达出来。反正说了也没有效果。

接下来，步骤2。

想象对方大脑中所想的事情。他为什么不愿意随手关闭不用的电器呢?其实，并不是他有意想一直开着，只是他嫌麻烦而已。

步骤1:

那么，“七个切入点”中该选哪个呢？“回避讨厌的事物”“满足渴望获得认可的欲求”“团队化”，这三个看起来都挺合适。

“回避讨厌的事物”，从这个角度出发，对方讨厌的事情可能有“不想破坏环境”“不想交额外的电费”等。

“满足渴望获得认可的欲求”，从这个角度出发，对方可能有“做好事获得别人赞许”的心情。

“团队化”，从这个角度出发，对方出于本能会说：“如果有人和我一起做的话，我倒是愿意去做。”

正确答案不止一个。面对不同的人，要使用不同的方法。我们需要根据实际情况，选择最合适的切入点。

最后是步骤3。

选定切入点之后，便可以按照双方利益一致的原则来编造请求的语言。假设我们选定了“团队化”这一切入点，便可以对他说：“我们一起把不用的电器关掉吧！”

这样一说，相信一定会比直接请他关闭电器更有效。不过，使用“团队化”技巧的一个前提就是自己也要行动起来。

在我教的学生中，对于这个练习题曾经有人做出了一个非常棒的回答。让我们来看看他是怎么说的。

“把灯关了，我们就能看见星星了。”

怎么样？是非常不错的请求方法吧？这是以“选择对方喜欢的事物”为切入点编造出的请求语言。“把灯关了，我们就能看见星星了”，这句话让人感觉非常浪漫，如果对方是自己的恋人，效果会更加显著。如果恋人对我提出这样的请求，那么不管关灯多么麻烦，我都会马上行动。

完全一样的请求内容，只要稍微改变一下说话的方式，就会得到完全不同的结果。通过上述例子，相信你已经能够理解这一点了吧。

只凭借语言的力量就可以取得突破

不要用物质来诱惑对方，而是用语言的力量改变对方的心意

“如何拜托同事加班”，当我给学生们出了这样一道题的时候，有同学这样回答：

“今天拜托你加个班怎么样？明天我请你吃饭。”

这位同学是以“对方喜欢的事物”为切入点制造出的请求语言。不过，他所选择的对方喜欢的事物是“有人请自己吃饭”。当然，现实中确实有人运用这样的方法，而且效果不错。不过，在这本书中我力争实现的目标是“不要用物质来诱惑对方，而是纯碎用语言的力量改变对方的心意”。

想把“no”变成“yes”的话，当然可以使用金钱或物质来作为交换条件。但实际上，不用这些诱惑，仅凭语言的力量也完全可以起到同样的作用。这正是语言的魅力所在。请你相信语言的力量，磨炼自己仅凭语言就可以取得突破的能力。

每天磨炼将“no”变成“yes”的技巧

在不能选择颜色的前提下，如何得到心仪的白色手机

表达方式的技巧，在人生的关键时刻能够起到决定成败的作用。不过，我建议你先从每天的日常生活做起。每天有意识地使用表达方式的技巧，你将看到自己的生活一天天地在发生改变。

在我身上曾经发生过这样一件事。我所在的公司给所有员工都配备了手机，有一次要更换手机，每个人都可以拿到一部新手机。可是，有一个规定——手机是随机分发的，颜色不可以自行选择。手机有红、黄、蓝、绿、橙、黑、白等共计二十种颜色，到时发到自己手中的是什么颜色无法确定。可是，我只喜欢白色的手机。不知你是否遇到过类似的情况?

如果直接表达我的心愿，“请发给我一部白色的手机”，对于这个请求，恐怕得到的答复多半是“不行！我们有规则在先，不能挑选颜色”。

于是，我给公司里配发手机的负责人发去一封电子邮件。邮件正文是这样写的：

○○先生：

您好！

我听说又要配发新手机了。

您负责为我们配发手机，为我们的工作提供了很大的支持，让我们能够更加安心地工作！ →切入点④“渴望获得认可的欲求”

非常感谢！ →切入点⑦“感谢”

我知道有规定说不能选择手机的颜色，但是有可能的话，我希望要一部白色的手机。

佐佐木圭一

我在想，负责配发手机的工作人员多半会认为“自己所做的这项工作（配发手机），没有多少人会在意”。于是，我对他的工作表示理解和尊重后，充分满足了他“渴望获得认可的欲求”，在表达了我的“感谢”之情的基础上，顺理成章地提出了我的请求。

结果，对方很快回复了我的邮件，内容如下：

佐佐木君：

您辛苦啦！

得知还有像您这样理解并支持我们工作的同事，我感到非常欣慰！非常感谢！不过，您也知道，关于手机的颜色，是不能自己选的，这是定好的规则……

后来发到我手里的手机，果然是白色的。正常情况下，从二十种颜色中得到心仪的白色手机，其概率为二十分之一，也就是5%。也许我得到白色的手机，是因为自己非常幸运。但是，这真的只是因为我运气好的缘故吗？这一点谁也说不清楚。但是不管怎样，我拿到了心仪的白色手机，这是最开心的。

看似不可能的事情，
也有可能依靠语言的
力量实现它！

快来使用便笺魔法吧!

对于便笺所具有的功能，你可能只用到了10%

前面所学的表达技巧，如果能结合便笺的使用技巧，将为你的人生开启更多的可能。

以前，你是不是只用便笺来做记录或留言，然后将它贴在文件或者笔记本上？实际上，便笺有很多种使用方法，使用得当的话，还会变成使你的语言大放异彩的工具。如果你以前只是把便笺贴在文件上使用的话，那我可以说，便笺的功能你最多只用到了10%。

所谓便笺，就是一张带有“黏性胶带”的“纸”。从这个角度看，便笺还可以“**立起来**”“**撕一撕**”以及“**隐藏一部分内容**”。

以前 → **立起来**

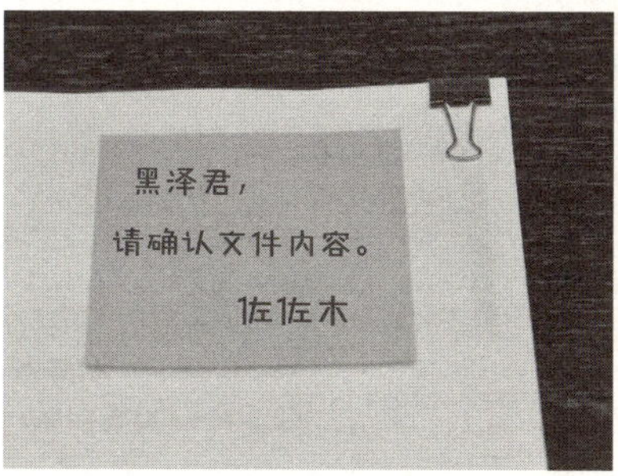

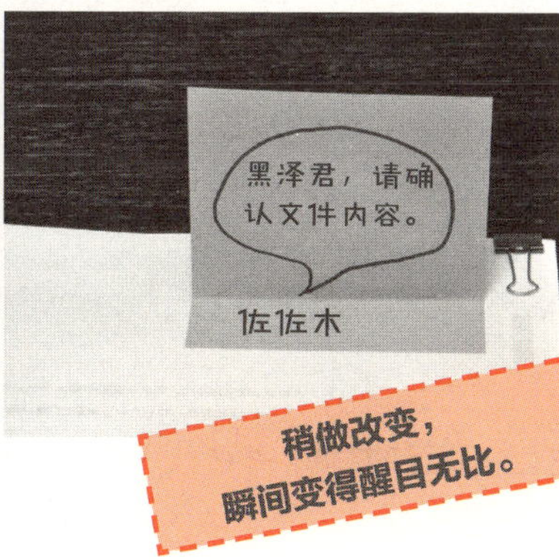

稍做改变，
瞬间变得醒目无比。

举一个简单的例子，就是把便笺立起来。仅仅做这样简单的处理，你的留言就会比其他人的更醒目。一般情况下，如果把便笺贴在文件上交给别人，也许一开始你的文件会被对方放在办公桌的表面，但随着文件的增多，可能还没来得及处理就被埋没在了文件堆里。也许过了好几个月，才会像“化石”一样被“挖掘”出来。但是，立起来的便笺，就很难被对方忽视了。即使有其他的文件送来，也不会压在立起来的便笺上面。这样一来，你的文件就能得到优先处理的机会。

便笺魔法，主要有以下三个功能：

①吸引人的注意

首先，从外观上来看，你的便笺留言就与别人的不同，从而收到吸引人眼球的效果。从此以后，“你的便笺”和“其他人的便笺”就会被区别开来对待。

②给对方留下好印象

下过功夫的便笺，能给对方留下良好的印象。为什么这么说呢？因为你对便笺下过功夫，能让对方觉得你重视他、尊重他。

③可以附加到不可随意修改的文件上

公司的正式文件，其内容是不可以随意修改的，我们不能按照自己的意愿添加或删减内容。因此，在制作这类文件时，我们不能在正文中提出自己的要求。不过没关系，我们可以通过附加一张便笺的形式来达到这个目的。

如果把“no”变成“yes”的技巧是一道菜，那么便笺魔法就是盛菜的盘子。即使是同一道菜，盛在不同的盘子里也会让人品尝出不同的味道。有些餐馆就是通过提高盘子的档次来提高菜品的价格。同样的道理，完全一样的语言，写在不同的纸上，也会给人留下不同的印象。

在使用便笺魔法的时候，对语言的要求就可以相对降低了。为什么这么说呢？**因为使用便笺的技巧本身，就能发挥请求技巧中的第七个切入点——“感谢”的作用。**

我们在便笺上下些功夫，对方就能感受到我们尊重、感谢和用心的心意。所以，此时便笺上所写的文字只要简短精练，能够清楚地传达自己的意思就足够了，不用做太多的修饰。

便笺魔法丰富多彩，下面再为你介绍几种便笺的使用技巧。

我想，你以前可能从来没有对便笺进行过撕一撕、折一折的加工吧。而且，也很少有人这样做过。不过，也正因为如此，如果你能把便笺撕出可爱的形状，并把它立起来的话，将格外吸引人的注意。而且，自己花时间花心思加工的新颖便笺，还能让对方感受到我们注入其中的感情。

撕一撕

独特新颖的便笺，
非常吸引人的眼球。

隐藏一部分内容

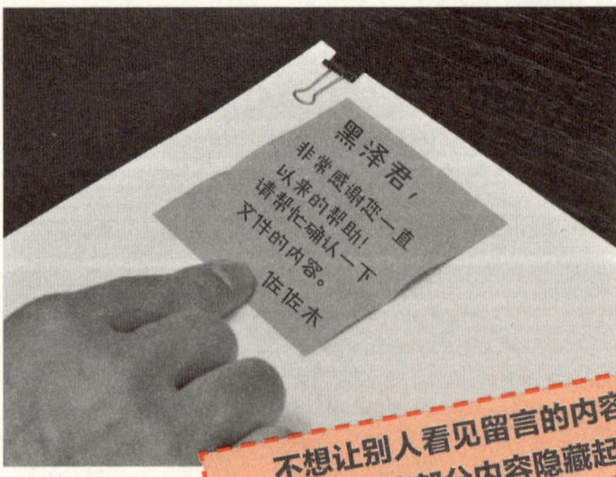

不想让别人看见留言的内容，
可以这样将部分内容隐藏起来。

可以将留言的内容全部或部分地隐藏起来，这也是便笺的功能之一。方法很简单，把便笺折一下就可以了。如果你写在便笺上的留言内容不想让所有人看见，就可以采用这种方法。收到便笺的人一打开就能看见上面的内容了。

只要稍加用心，便笺就不再是简单的留言工具，而成了积极的人际交往利器。

下面给你出一道题。

练习题 拜托上司签字

为了报销发票，需要上司来签字，可是如何拜托上司签字呢?

拜托上司签字时，如果只是在便笺上写“请您签字”，然后贴在需要签字的文件上交给上司，很有可能被埋没在办公桌上的文件堆里，也许很多天后才会被上司发现。但是，如果能使用便笺魔法，结果可能就大不一样了。

使用下页图中的便笺魔法来拜托上司签字，当上司看到你的便笺时，可能会露出苦笑的表情，但绝对会帮你把字签了。

下图是我学生的创意，可供参考。

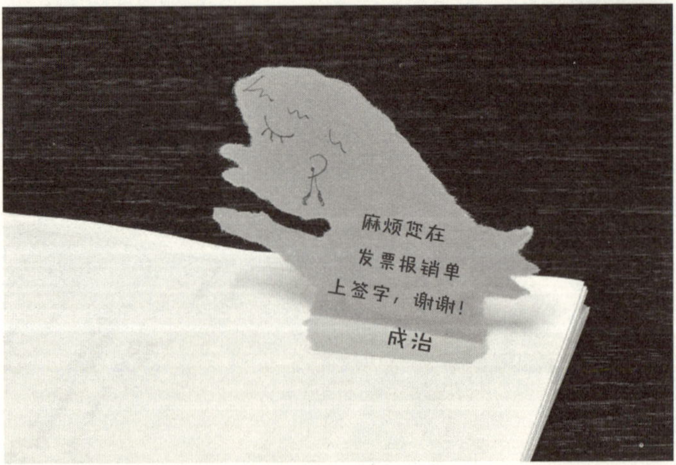

第二章

总 结

- 语言不是“想起来的”，而是“编造”出来的。
- 将“no”变成“yes”的技巧分三个步骤。

  步骤1：不要把自己大脑中所想的，直接用语言表达出来。

  步骤2：想象对方大脑中所想的事情。

  步骤3：让自己的请求符合对方的利益。
- 先遵循步骤，自然养成习惯。
- 将“no”变成“yes”的七个切入点：

  ①选择对方喜欢的事物②回避讨厌的事物③提供选择的自由④满足渴望获得认可的欲求⑤善用“仅限您一个人”的威力⑥团队化⑦感谢。
- “请求”成功的关键点其实在对方心中。
- 每天磨炼将“no”变成“yes”的技巧。
- 方便实用的便笺魔法：“立起来”“撕一撕”以及“隐藏一部分内容”。

3

Chapter

第三章

制造“最强语言”的技巧

任何人都能制造出最强语言，关键在于五个技巧，连村上春树、奥巴马都在使用。

任何人
都能制造出“最强语言”

制造“最强语言”的技巧中也有配方可循

“感动”这种东西，似乎是看不见摸不着的，毫无章法可循。有人认为它是人的右脑产生的感情之一，有人认为它是突然从天而降的，还有人认为它是偶然的感情产物。由此看来，大部分人都觉得“感动”这种东西是无法人为制造出来的。其实，“感动”也有是配方的，只是一般人不知道而已。

美味的食物会给人带来感动，被称为“味觉的感动”。当你吃到一碗美味的拉面，有时甚至会感动得落泪，但这拉面的味道绝没有施加魔法，也称不上什么奇迹。

制作拉面是有配方的，只要按照这个配方，谁都能调制出鲜美到令人感动的拉面汤汁。鸡汤、洋葱、胡椒……说不定还有厨师的汗水，只要严格按照这个配方，不管做几次、在哪儿做，最终的味道都相差无几。只不过，这个配方被拉面馆老板严格保密，仅限几名厨师知晓。语言也一样，存在“感人的”配方，只是大多数人都不知道。

这一章会比前面的章节更有趣、更实用。**我花了十多年的时间发现、总结出来的“最强语言的制造过程”，你只需花上数十分钟便可以从这一章中体验到**。当你得知原来最强语言竟然是可以人为制造出来的，我相信你一定会兴奋得全身都起鸡皮疙瘩。

在这里你跟我学到的语言，不仅可用于口头表达，还适用于撰写电子邮件和策划书、做笔记等。

和前一章介绍的将“no”变成“yes”的技巧一样，制造“最强语言”的技巧中也有配方可循。只要按照这个配方，不论是谁，都能制造出比以前更有感染力、更加强大的语言。

对于广告策划人、作词家、作家来说，他们每天都在使用最强语言的配方，因此能在无意识中就制造出令人印象深刻的语言。对于一般人来说，有的人根据自己以前的经验，偶尔也能说出带有亮点的话语。但是，他们并没有把这些经验加以系统化，总结成有意识地制造出强大语言的规则。

专业人士和业余人士的差别就在于能否经常地、有意识地制造出令

人惊讶的语言成果。我想，很少下厨的人，偶尔也能做出好吃的炸虾。但是，要让他每次都做出同样美味的炸虾，可就不容易了。专业的厨师则不同，不管在什么时候，都能按照自己的意愿做出美味的炸虾。

以前，你肯定也曾说过惊人的妙语，但若追问你是如何说出这种妙语的，恐怕只能将其归功于灵光乍现。也就是说，对于业余人士来讲，成功是难以复制的。而我，作为语言表达的专业人士，不管时间多么紧迫，不管自己的身体有何不适，都能说出或写出一定水准的语言。这是因为我已经将语言表达的技巧加以体系化，并将其牢牢地印在了大脑中。

可以说，说出“妙语”已经成为我的一种习惯。如果你也学会了语言表达的技巧，虽然不一定能达到专业人士的水平，但至少能比以前提高一大截。也许在家人朋友当中，你也能被奉为“专家”。

没有亮点，别人不会给你机会

不能感动人的语言将被无视，现在就是这样的时代

我有一组令人惊讶的数据。在全世界范围内，我们可以获得的信息量，在10年之间增长了530倍。互联网的普及是一个最主要的原因。做一个形象的比喻，假如10年前的全部信息量只相当于一本书，而今，全世界的信息量已经达到了两个满满的书柜。我们的生活已经被信息的洪流所包围。

信息大爆炸给我们带来了很多好处，比如，我们可以轻易获取想要的信息。但是另一方面，因为信息量太过庞大，那些不太出彩的信息也将被人们无情地忽略。

在有如洪流一般的信息大潮中，没有个性的发言，也将被人们无视。普通、毫无亮点的发言，就像深夜在海上航行的货轮，只是默默地从海面上经过而已，几乎无人觉察。

在以前的时代中，只有那些以说话、写作为职业的人才有必要磨炼语言表达的技巧。可是现在，任何生活在这个社会中的人，都有必要磨炼自己的语言表达能力。日常工作生活中常用到的电子邮件、策划书、博客以及面对面与人交流等，都需要高超的语言表达能力。

如何制造出强大感人的语言，是摆在现代人面前的一个重大课题。

全世界的信息量，10年间增长了530倍

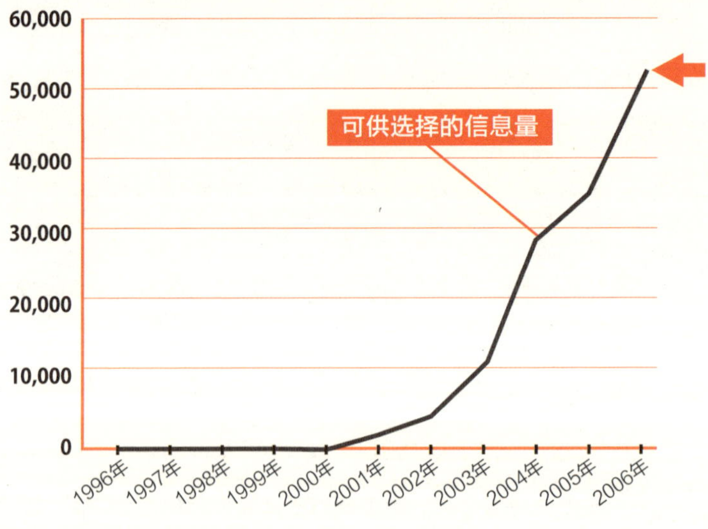

本表格根据日本总务省《平成十八年（2006年）信息流通意见报告书》中的信息流通量的分析制作而成（以1996年为基本值100）。

即使表达同样的内容，也有强大的语言和无力的语言之分

先来举个例子。

“我想让球迷们记住我。”

“我不想只留在记录中，我想留在人们的记忆中。”

以上是职业棒球选手所说的话。两句话相比，显然后面这句话更有打动人心的力量。其实，两句话要表达的意思是一样的，即想被人们记住。

从这个例子我们可以看出，即使表达同样的内容，也有强大的语言和无力的语言之分。说话的内容固然重要，就像做菜用的食材，但是，表达的方法更为重要，就像不同的烹饪方法可以将同一种食材制作出完全不同的味道。

以说相声为例，同样一个笑话，这名相声演员讲出来可能逗得大家捧腹大笑，换个人讲也许大家都不觉得好笑。

“因为那名相声演员很出名，所以他讲的笑话才很有趣。”也许有人会这么说。在他看来，讲笑话的人是否出名，决定了他所讲的笑话是否搞笑。不过，这个解释是不对的。实际上，越是出名的相声演员，越会想办法让自己的笑话听起来更搞笑。他们讲笑话是有技巧的，正因为如此，出名的相声演员所讲的笑话才很好笑。其实应该说，正是因为他们掌握了表达的技巧，才使他们变得出名。

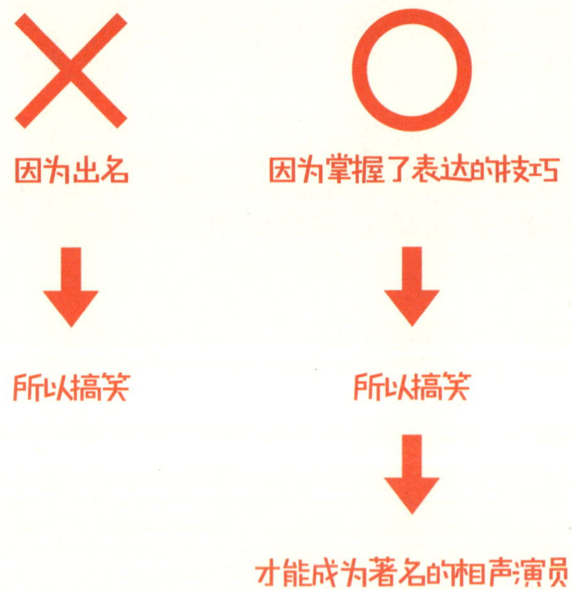

什么才是“最强语言”

在这里，我想请读者朋友们思考一个问题，即所谓“最强语言”到底是指什么样的语言？当然，“最强语言”应该是能够打动人心的语言、令人无法忽视的语言，它时而像一只强有力的大手将人心攥紧，时而像一股温柔的暖流滋润心田。

在这本书里，**我把“最强语言”定义为拥有打动人心的能量的语言**。而这股能量，我也给它取了个名字，叫作**“语言能量”**。

“感动”似乎是一种看不见摸不着的东西，但是，只要我们掌握了“语言能量”，就可以凭借这股能量制造出“感动”。换句话说，讨人喜欢的语言、可以留在别人记忆中的语言、让人情不自禁一直读下去的语言，是可以有意识地制造出来的。

定义

最强语言

=

拥有打动人心的
能量的语言

语言中的高低落差，就是打动人心的能量来源

要想制造出强大的语言，“语言能量”是必不可少的，可这“语言能量”究竟是如何产生的呢？

关于“语言能量”产生的方式，可以用过山车来比喻。过山车在高低起伏的轨道上飞驰，会给人带来刺激的感受。同样，**当语言有高低落差的时候，便会产生能量**。

举例来说，“我喜欢你”，这是一种直白又普通的表达方式。相比之下，**“本来我想讨厌你的，可怎么也讨厌不起来，我很喜欢你”**，这种表达方式中就存在高低落差。

语言中的高低落差，就是打动人心的能量来源。就像过山车一样，高低落差越大，越吸引人。但是具体如何才能制造出高低落差呢？接下来，我们就一起来学习一下。

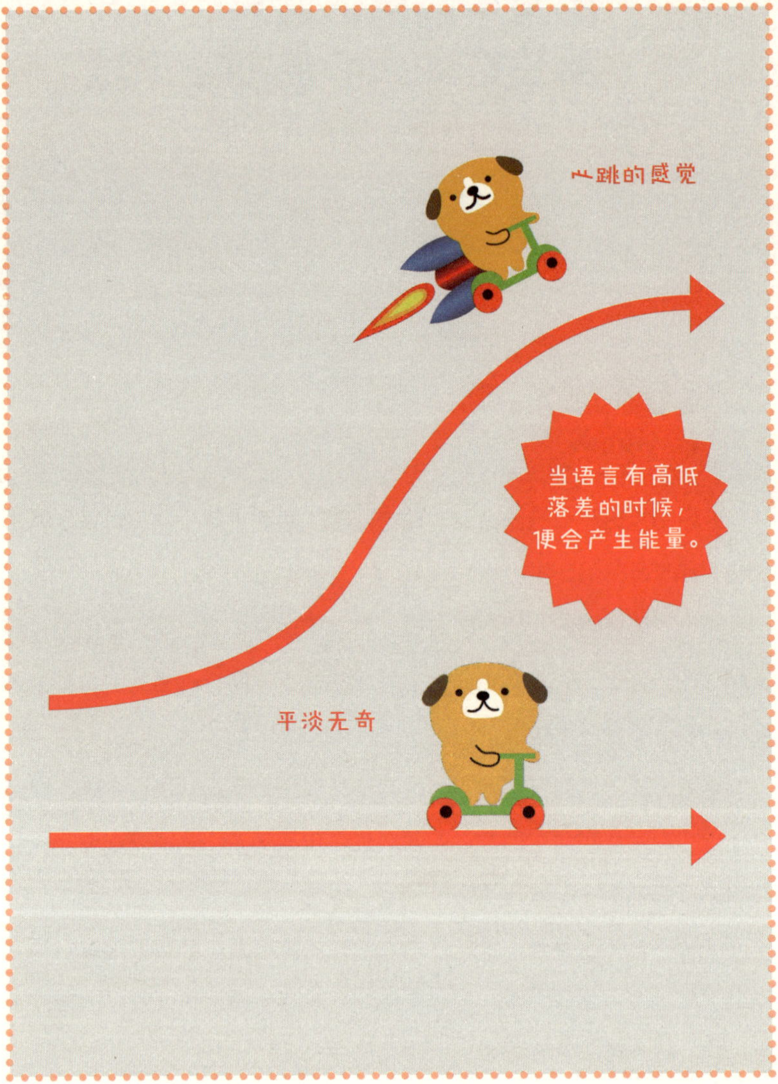
心跳的感觉
当语言有高低
落差的时候，
便会产生能量。
平淡无奇

制造“最强语言”的五个技巧

在这里，我将教大家制造“最强语言”的五个技巧。不管采用哪个技巧，都能制造出强而有力的语言能量。我将为你打开一扇门，邀你一起进入“打动人心”的世界。这个世界一直存在，只是你以前没有意识到。

①惊喜法

这种方法虽然超级简单，但专业人士也常用到

惊喜法非常简单，就是**在自己的语言中加入感叹词**。对于惊喜这种东西，人基本上没有什么抵抗力。人都想看到惊奇的东西，体验惊奇的感受。

比如，提前告诉恋人明天会送她100朵玫瑰，当她收到花的时候，恐怕感动的心情并不强烈。但是，如果在她不知情的情况下，突然从身后拿出100朵玫瑰送她，一定会让她感动得说不出话来。

在商务场合也一样。为什么新车发表会的现场都要用布将汽车蒙起来呢？这块布的作用绝不是防止灰尘落到新车上，而是为了制造惊喜。即使对汽车毫无兴趣的人，看到蒙着布的新车，也会好奇地驻足观看，想知道这块布下面的汽车到底是何模样。所以，只要有惊喜，就会吸引人。惊喜，可以让毫无兴趣的人产生兴趣。

“惊喜法”中最简单的一个例子就是在句末加一个感叹号！即使是一句平淡无奇的话，加上一个感叹号，也会摇身一变，变成令人感动的话语。举例来说，

“我喜欢你。”

“我喜欢你！”

毫无疑问，加上感叹号之后，这句话的感情要强烈很多。

当提出某种要求的时候，也是一样。

“我要鳗鱼盖饭。”

“我要鳗鱼盖饭！”

加了感叹号之后，对方能感受到我们

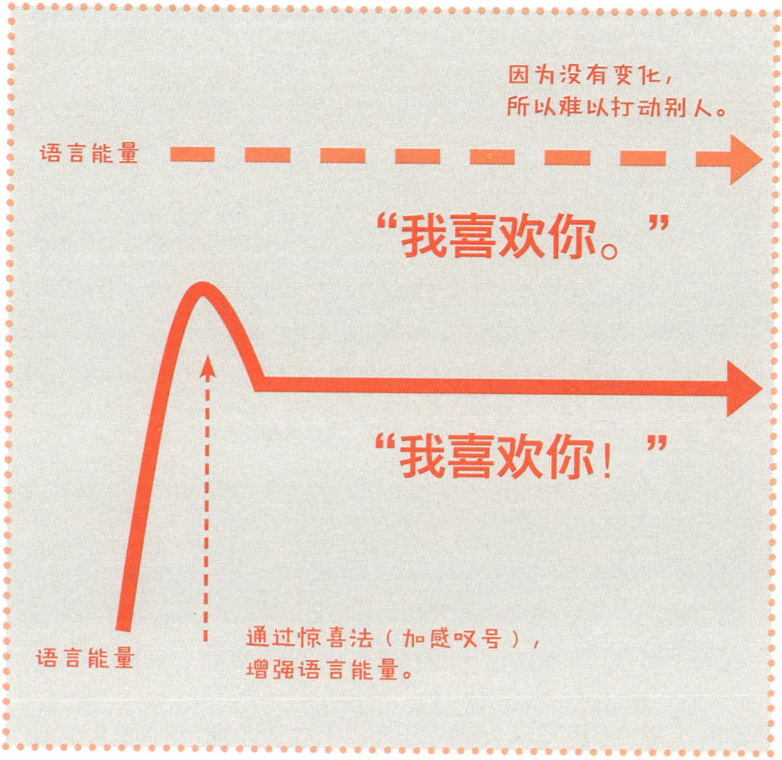

强烈的个人主张，也会对我们的话语产生兴趣。除了在句尾加感叹号之外，制造惊喜的方法还包括加入一些感叹词。

你可以根据当时的状况选择合适的方法。

在句末加感叹号。

“真没想到，……”

“对啦！……”

“看！……”

“实际上，……”

“真厉害！……”

“难以置信！……”

“啊！……”

用惊喜法制造感人的语言，最多只需10秒。

①确定自己想表达的语言。

②加入适当的感叹词。

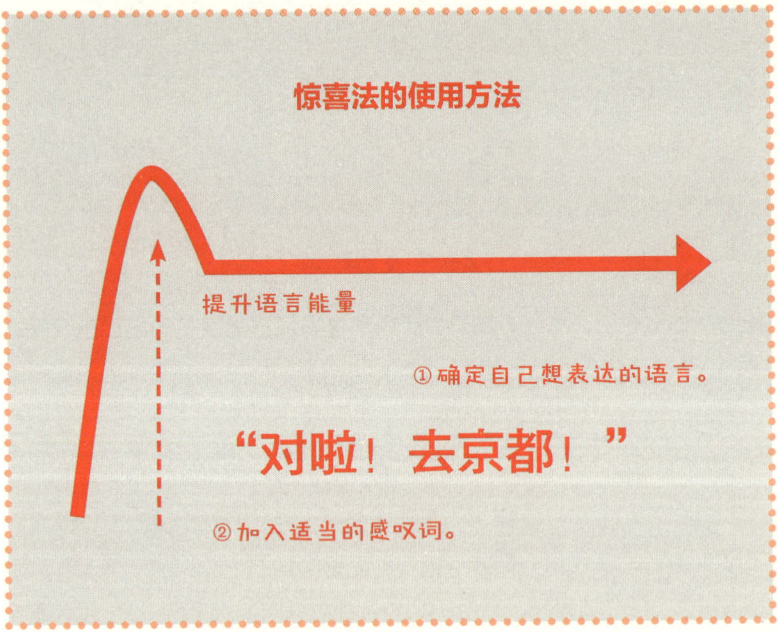

仅此而已，是不是非常简单？

接下来，我们再找一个更加平淡、普通的句子为例。这个句子表面上看起来似乎难以打动人，那么，我们能不能用惊喜法对其加以改造，从而增强其语言能量呢？

练习题

使用惊喜法，将“今天天气不错”这句话变成能够打动人心的话语。

“今天天气不错”，这是一个再普通不过的寒暄语或开场白，甚至是很多人的口头禅。也正因为如此，说出这句话基本上等于没说，因为对方根本不会在意。那么，真的有办法将如此平淡无奇的话语变为强有力的、打动人心的语言吗？

如果使用惊喜法的话，可以将“今天天气不错”改造成：

“真没想到，今天天气竟然这么好！”

虽然非常简单，但和原文相比，更容易给对方留下深刻的印象。改造之后的句子，其中语言能量的起伏情况，可以参见下一页的图表。

提高一句话的语言能量，是制造强大语言的秘诀所在。利用惊喜法，还有如下一些改造方法：

“今天天气真不错！”

“实际上，今天天气不错啊！”

“简直难以置信，今天天气竟然这么好！”

“啊！今天天气真好！”

简单至极。我认为，之前你肯定也使用过这种技巧。只不过，只有当你感到惊讶的时候，才会使用这种方法说话，可以说是在无意识地使用惊喜法。而我所讲的惊喜法，是在想打动别人的时候有意识地加以使用的。

除了前面介绍的几种方法以外，其实惊喜法还有很多种形式。

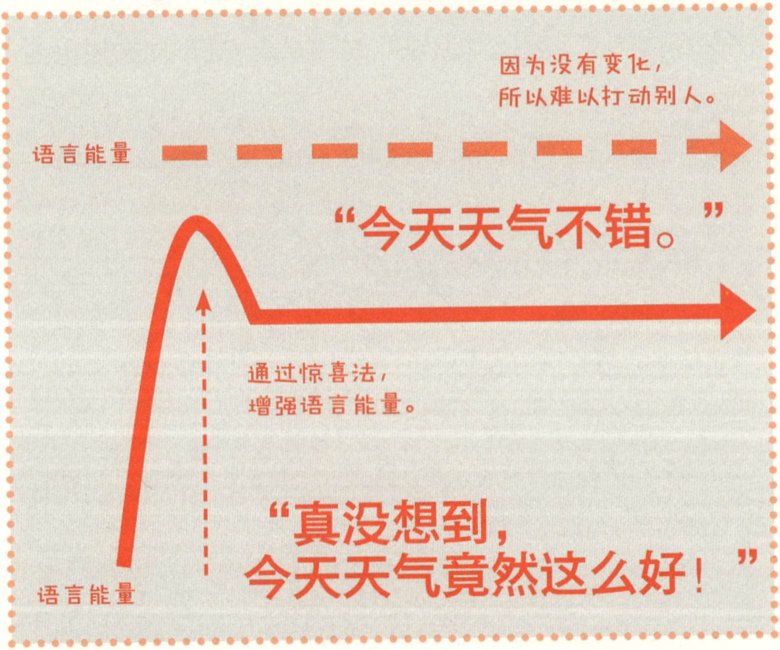

在你尚未精通这种技巧之前，可以借鉴前面介绍的几种方法；当你熟练掌握之后，就可以按照自己的习惯进行改编了。总而言之，当你想用语言打动别人的时候，一定要有意识地去使用这种技巧。

当你觉得自己的语言很单调时，当你想给别人留下深刻的印象时，当你想活跃现场的气氛时，都可以轻松地使用惊喜法。

“惊喜法”在制造最强语言的技巧中，可以说是基础中的基础。但是，你绝不能因此就小视它。事实上，很多语言表达的专业人士也常使用这个技巧。举例来说，

对啦！去京都！（日本东海新干线的广告语）

这是一句非常出名的广告语。如果不用惊喜法，这句话会变成什么样子呢?

去京都。

剔除语言表达的技巧之后，就只剩如此平淡的一句话。这只是一个一般的陈述，没有任何感情的波动。可是，就是如此单调的一句话，使用惊喜法稍加改造，就可以让其中蕴含的语言能量迅速提升，让听到和看到这句话的人，都产生一种跃跃欲试的冲动。

再举个例子，

啊！小林制药！（小林制药的广告语）

这是在日本电视上经常会听到的一句广告语。如果不用任何技巧的话，这句话就变成了：

小林制药。

结果，只剩公司的名称了。由此可见，惊喜法不仅非常有效，而且简单易行，就连专业人士也经常用到它。

特别是当你时间紧迫，没有办法使用更加复杂的表达技巧时，惊喜法绝对是拿来就用的方便工具。但是，使用惊喜法时要注意一点，必须得有真正想传达的意思在其中。如果没有具体内容，只是空洞地连续使用惊喜法，那和“喊狼来了的孩子”有什么分别？！

实际上，我做演讲时间比较久，或所写的文章比较长的话，偶尔会使用惊喜法为听众或读者提个神。

看！我现在就用了这招儿（笑）。

惊喜法，要用在触动对方的情绪上，不是用来表现自己的惊讶。

② 反差法

奥巴马、村上春树等都曾使用过的打动人心的方法

世间，有很多感动人心的名言。下面所举的例子，都是运用了反差法而令人大受感动的名言。

你不用成为No.1，因为你本来就是那特别的Only One。

——《世界上唯一的花》（日本超人气男子天团SMAP的代表作）

案件不会发生在会议室中！而是发生在现场！

——《跳跃大搜查线》（日本人气电视剧）/男主角青岛俊作

团队不是为你而存在，你是为了团队而存在！

——《SLAM DUNK》（日本人气动画片《灌篮高手》）/安西教练

假如这里有坚固的高墙和撞墙破碎的鸡蛋，我总是站在鸡蛋一边。

——《耶路撒冷文学奖获奖演说》/村上春树

这些言语，敲开了无数人的心门。其实你也能写出这样的文字，你不相信吗？读我这本书的朋友，你的心中一定有“我也想感动别人”的想法。而打动人心的语言，并没有什么了不起的。

只不过，以前的你还不了解让人心感动的原理，也不知道将感情的

语言能量

“我喜欢你。”

能量发挥到极致的方法。举例来说，遇到喜欢的人，以前你也许会对他（她）说：

“我喜欢你。”

这是很直白的表达方式。就此，我们来思考一下更好的表达方式。

在这里，我有办法可以提高这句话的语言能量。

这种方法就是，将出发点降低，让其与你想表达的意思产生落差。比如：

“我本来想讨厌你的，可就是讨厌不起来，因为我喜欢你！”

姑且使用与“喜欢”相反的词——“讨厌”，使用这种方法，会产生强烈的落差感。这里说出来的“讨厌”并不是因为想到了才说，而是故意为之，是为了突出“喜欢”而做的铺垫。

这是在我从事与语言相关的工作之后，终日被无能为力的烦恼困扰时发现的方法。也正是这个方法，成为使我转变的突破口。

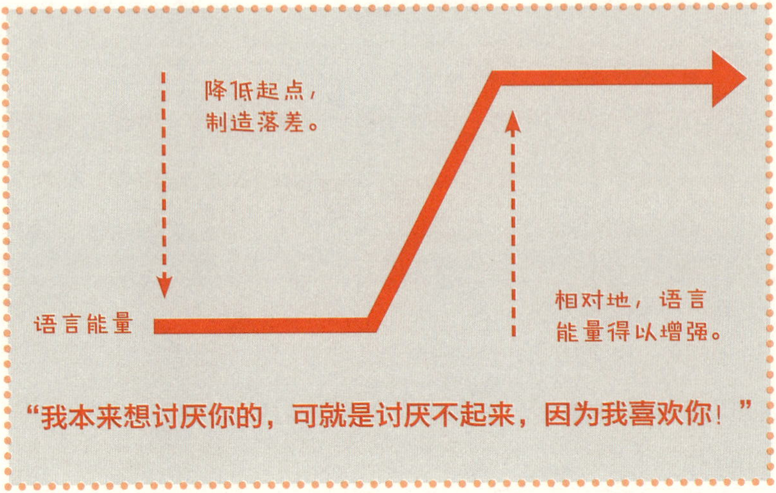

我们再来看一个例子。

“这不是我的胜利，而是你们的胜利。”

这是让无数人狂热的美国总统奥巴马就职演说中的一句话。他原本想表达的意思是什么呢?

“这是你们的胜利。”

我认为，奥巴马想表达的是这句话，是对助他赢得选战的人们的夸赞。但是，奥巴马没有先说“你们”，相反他用“我”做铺垫，制造出了落差，结果一举提高了语言的能量。

“这不是我的胜利，而是你们的胜利。”

这句话，将人们的感动推向了最高点。听演说的人中，有很多都落下了感动的热泪。实际上，奥巴马并不是临场才想到这句话。

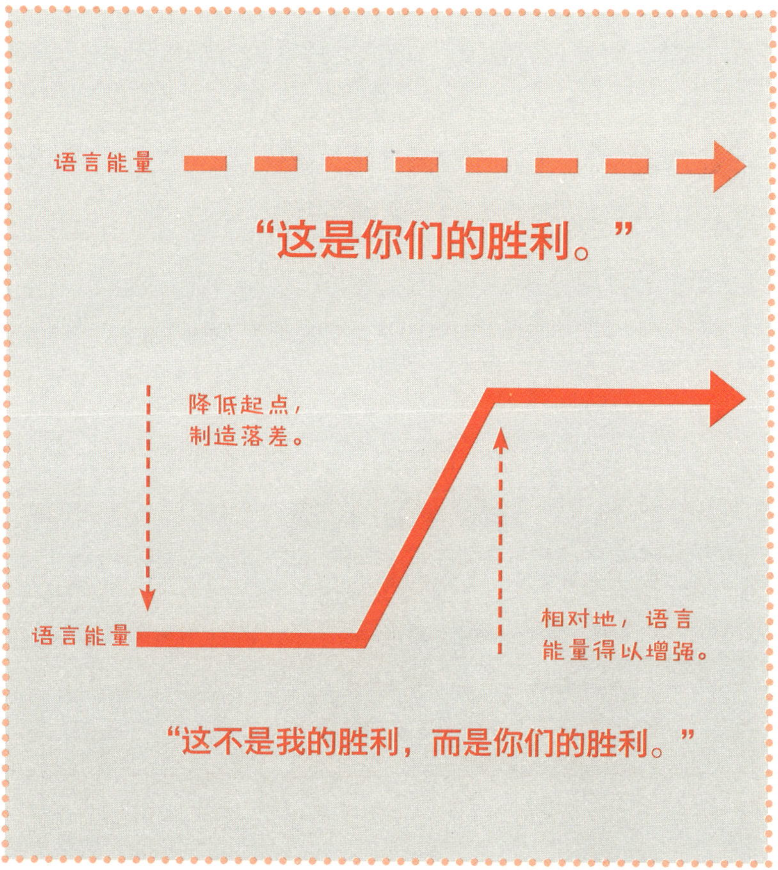

奥巴马有一位名叫乔·费夫洛（Jon Favreau）的演讲撰稿人。他将奥巴马想表达的意思用语言这个武器加以强化，然后制造出可以感动人心的演讲。

我并不是批评奥巴马的演讲能力，其实正好相反，我也被他的演讲所打动。同时也不得不赞叹："真厉害！这演讲太有水平了。"

对于政治，我没什么见解。但是，作为语言方面的工作者，我认为日本在政治上具有十分明显的"缺陷"，并不是"政策"不力，而是缺乏"感动"。

为了感动别人，不能把想表达的意思直白地说出来，而应该先制造一个落差。下面我将按照顺序进行具体的讲解。

①首先确定最想表达的意思。

②找一个与自己想表达的意思正好相反的词语，放入发言的前半句。

③为了把前半句和后半句自然地联系起来，按照自己的习惯添加一些连接词。

仅此而已，并不复杂。

下面我们通过一些练习题，按照上述顺序一起来思考这种技巧。实际上，非常易于理解。

反差法的使用方法

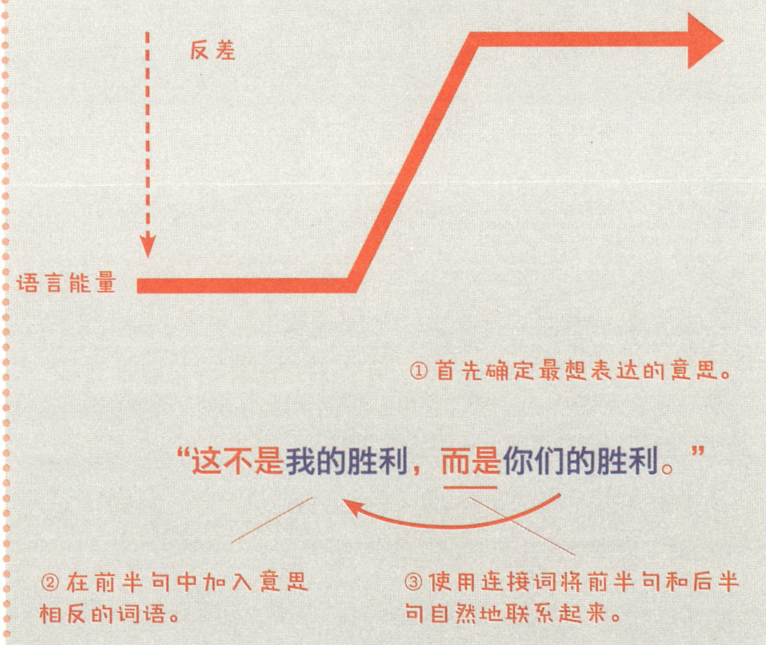

练习题

请使用反差法，把“我站在你这一边”这句话改造成更加强大的语言。

①首先确定最想表达的意思。

→这句话中，最想表达的意思是“站在一边”，即成为“同伴”。

②找一个与自己想表达的意思正好相反的词语，放入发言的前半句。

→“同伴”的反义词是什么？是“敌人”。

③为了把前半句和后半句自然地联系起来，按照自己的习惯添加一些连接词。

→接下来，就是大家最擅长做的填空题了。

(　　　)敌人(　　　)我站在你这一边。

我试着填空，你来评判一下。

不管谁成为你的敌人，我都站在你这一边。

空格处可以自由填写，只要连贯通顺就好。

看！你也可以轻松地完成吧。

反差法的使用方法

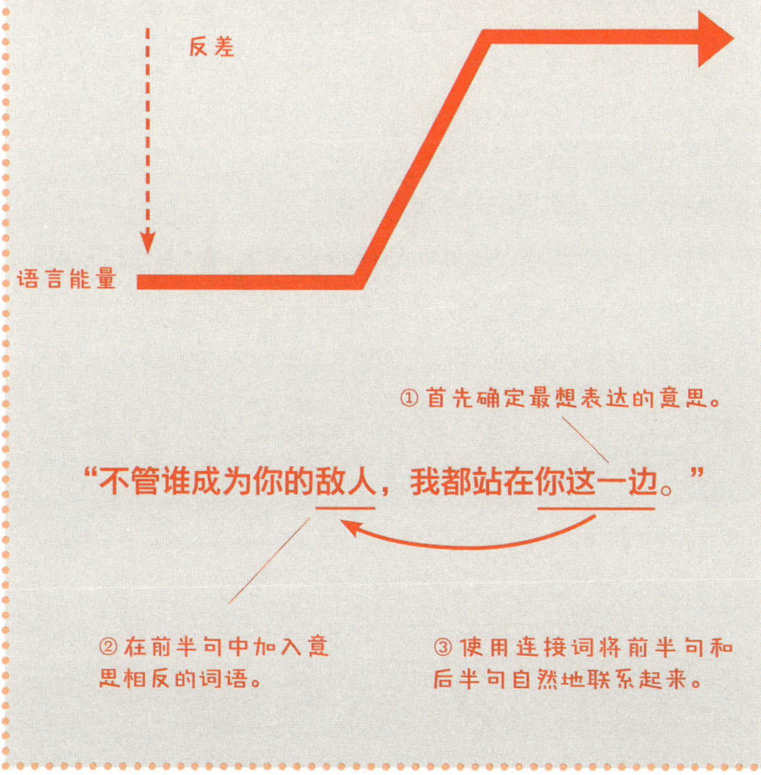

我们再来看一道练习题。等做完两道练习题后，你就基本上掌握了这个技巧。而理解之后，你会越发觉得它简单实用。

练习题

请使用反差法，把“这家的拉面很好吃”这句话改造成更加强大的语言。

①首先确定最想表达的意思。

→这句话中，最想表达的意思是“好吃”。

②找一个与自己想表达的意思正好相反的词语，放入发言的前半句。

→“好吃”的反义词是什么？是“难吃”。

③为了把前半句和后半句自然地联系起来，按照自己的习惯添加一些连接词。

→接下来，请填空。

（　　　）难吃（　　　）这家的拉面很好吃。

我填一下试试。

再吃其他家的拉面我都觉得难吃，因为这家的拉面实在太好吃了。

是不是很简单？你也来尝试一下吧。练习得越多，你就越能理解反差法的结构，从而更加灵活自由地使用。

在这本书介绍的知识点中，反差法是我强烈希望你能掌握的知识点之一。不仅在日语中，在全世界很多著名的感人演讲和文章中，都用到

反差法的使用方法

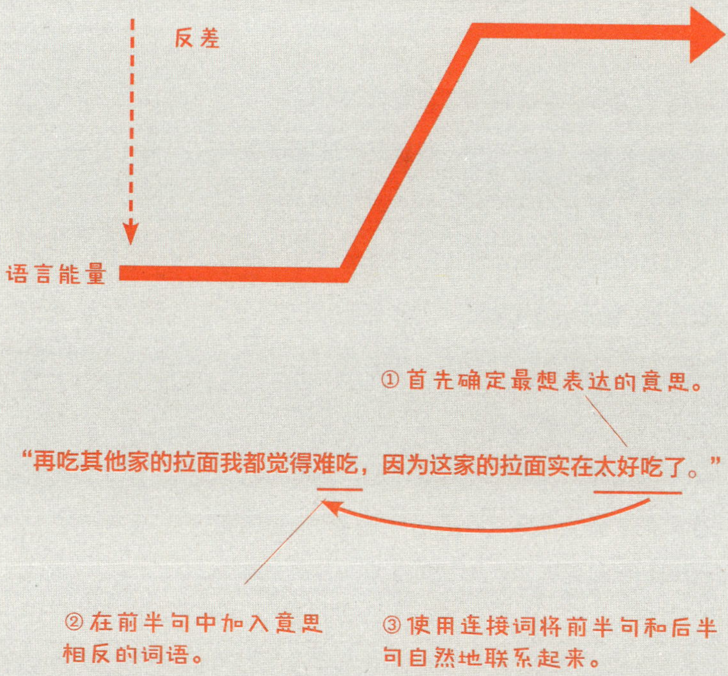

了反差法。

下面为你介绍一段将反差法运用到极致，让我感到非常震撼的文字。这段文字是由美国牧师鲍勃·穆尔黑德（Bob Moorehead）所写，在网络上流传甚广，有"都市传说"之称。文章中连续使用了很多个反差法技巧，给读者带来了强烈的震撼。我第一次读到这篇文章的时候，也感动得不得了。你也来读读看吧。

生活在这个时代的我们的矛盾

楼越盖越高，可人的性情却越来越急躁；
高速公路越来越宽，可人的视野却越来越窄；
花钱越来越多，可得到的东西却越来越少；
买的东西越来越多，可得到的快乐却越来越少；
房子越来越大，可家庭却越来越小；
生活越来越便利，可时间却越来越少；
考到的学位越来越多，可灵感却越来越少；
知识越来越丰富，可做的决断却越来越少；
专家越来越多，可问题却不见减少；
药物种类越来越多，可人的健康却越来越差。

大吃大喝越来越甚，可人的笑容却越来越少；
开车太快，生气太多，熬夜太晚，第二天起床很是疲惫；
很少看书，长时间看电视，却很少做祷告；
拥有的东西越来越多，可自己的价值却越来越小；
说的话越来越多，可爱在减少，恨在增加。

都忙着学习生存的方法，却没人学习人生的道理；

都想长命百岁，却没人珍惜现在；

人类争相登月，可对身边的人却漠不关心。

人类支配了世界，可世界变成了什么样子？

一切事物的规模都越来越大，却没有越来越好。

空气净化，灵魂污染；

能让原子核分裂，却无法扫除偏见；

学会了高效，却忘记了等待；

计划越来越多，可实现的越来越少；

写的多，学的少；

网络普及，信息爆炸，可人与人之间的交流越来越少；

快餐是快，消化却在放慢；

体格变大，人格变小；

埋头于利益，却轻视人际关系；

都说现在是世界和平的时代，可家庭纷争却从未停止；

娱乐项目越来越多，可人们的快乐越来越少；

食物越来越多，可营养却越来越少；

结婚的多，离婚的也多；

房子装修越来越豪华，可越来越多的家庭分崩离析。

希望你不要忘记，和自己喜欢的人、事物度过的宝贵时间，不可能永远持续；

希望你不要忘记，给身边的人一个深情的拥抱，这个无价的宝物不用花一毛钱；

希望你不要忘记，一句简单的“我爱你”，可以深入对方的心灵。

一个拥抱、一个吻，可以治愈对方心灵的创伤。

希望你不要忘记，以后可能永远没有机会再见的人，一定要紧紧地握着他的手。

爱心、畅谈，把自己心中无可替代的真心话，分享给别人。

人生，不是靠持续的呼吸来决定的，

而是受震撼心灵的瞬间左右的。

产生落差，便可制造感动！

③ 赤裸裸法

有画面、有情景、有肢体语言的表达

我想，每个人都曾听到或看到过一些震撼心灵的妙语，并深深地印刻在脑海中，无论如何都挥之不去。下面就是一些这样的妙语。

仰头前进，以免泪水掉下来。

——《昂首向前走》[①]/坂本九

纵然气喘吁吁，也不要回望跑过的路。

——《没有终点的旅程》/Mr. Children（日本摇滚乐团）

梦醒时哭泣着，我不知道还要经历几万次这样的早晨。

——《在世界中心呼唤爱》/片山恭一

眼皮因睡意而有千金重，缓慢睁开眼皮的那一刹那，大受惊吓，眼珠子差点儿跳出来。

——《梦象成真》/水野敬也

---

①这是坂本九最著名的作品，其日文原名为《上を向いて歩こう》，中文直译为《昂首向前走》，但在英国发售时为了好记，改取名为与原意毫无关系的“Sukiyaki”，为日式料理“寿喜烧”之意。

上述精妙的语言，都是用“赤裸裸法”制造出来的。“赤裸裸法”，有时能制造出如诗般的语言，甚至能让对方透过语言感受到我们的体温。

歌词和电影台词中经常会运用这一技巧。如果你觉得平时自己所用的语言太过平凡，那就使用赤裸裸法吧！它能让你的语言瞬间充满生命力，拥有打动人心的力量。有时，**使用赤裸裸法所说的话，就连自己都会感到心跳加速呢**。

简单来讲，赤裸裸法就是真实地将自己的实际感受表达出来的方法。先给你举个例子：

现在，我的嘴唇在颤抖。我想说，我喜欢你。

这句话借助生动的描述将自己的实际感受赤裸裸地表达了出来。我想，这样的语言一定会“钻进”对方的心里。实际上，这句话也是按照一定的规则“编造”出来的。下面我们就来分析一下具体的“编造”方法。上面这句话想表达的核心意思是：

我喜欢你。

现在，我们用赤裸裸法把这个核心意思“料理”一下。

人有一部分感情，平时自己是不会意识到的。使用赤裸裸法制造感人的语言时，首先要直面自己，发掘内心真实的情感。

语言能量

“我喜欢你。”

以前，有些话你可能羞于说出口，但是现在要大胆地表达出来。当你想对心上人说“我喜欢你”的时候，你的身体会有什么反应？请先倾听一下自己身体的声音，然后将身体的感受直白地表达出来。

关于表白时身体的反应，我们先从脸部来分析。

脸会怎样变化？脸会变红。

喉咙有什么变化？喉咙发干，说不出话来。

嘴唇有什么反应？嘴唇紧张得颤抖。

上述各种身体反应，使用哪一种都可以。将以前绝不会用语言表达出来的感受直接说出来，你的语言立刻就充满了生命力。

在“我喜欢你”之前加入自己身体上的感受，你的心意就带着体温表达了出来。既然对方也能感受到这个温度，还怕她不被你的真心打动吗？

能说出这样的语言，以前我也感觉是上天赐给某些人的灵感。实际上，就像做菜一样，这样语言也可以按照配方制造出来。

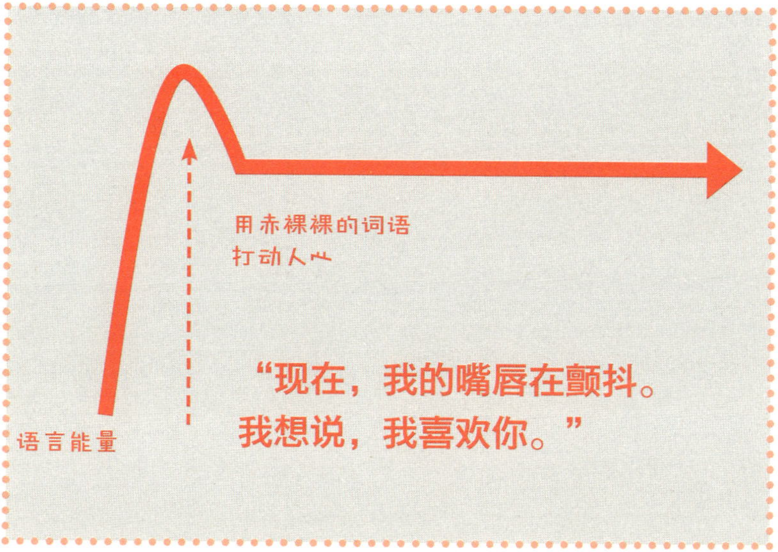

有些天才是靠灵感闪现，才能说出或写出这种带着体温的感人语言。其实，即使没有灵感，也可以制造出这样的语言，前提是你知道其中的配方，并熟练掌握赤裸裸法这种语言表达的技巧。

那么，究竟怎样才能制造出“赤裸裸的感人语言”呢?

下面，我们按照顺序进行说明。

①**首先确定最想表达的内容。**

②**将自己的身体反应用“赤裸裸的语言”加以形容。**

③**将赤裸裸的语言插入想表达的内容之前。**

以上就是赤裸裸法的三个要点。以前，即使我们感觉到了身体的某种反应，也不会用语言表达出来。现在，你要敢于将自己的真实感受用赤裸裸的语言说出来。回答下列问题后，你就更容易了解自己的身体反应了。

脸部有什么感觉?

喉咙有什么变化?

嘴唇有什么感觉?

呼吸如何?

眼睛如何?

脸上的汗毛有什么感觉?

皮肤呢?

头脑中的反应?

手掌心有什么变化?

手指尖有什么感觉?

血液循环呢?

关注的重点是，**平时我们基本上不会用语言来形容的身体部位的感受**。

比如，在向心上人表白的时候，我们的脸部会有什么变化？一般来说，脸会变红。然后，再按照前面介绍的顺序制造语言，就可以说出包含自己心意、带着自己体温的感人语言了。

下面，我们通过练习题来加深对赤裸裸法的记忆。

赤裸裸法的使用方法

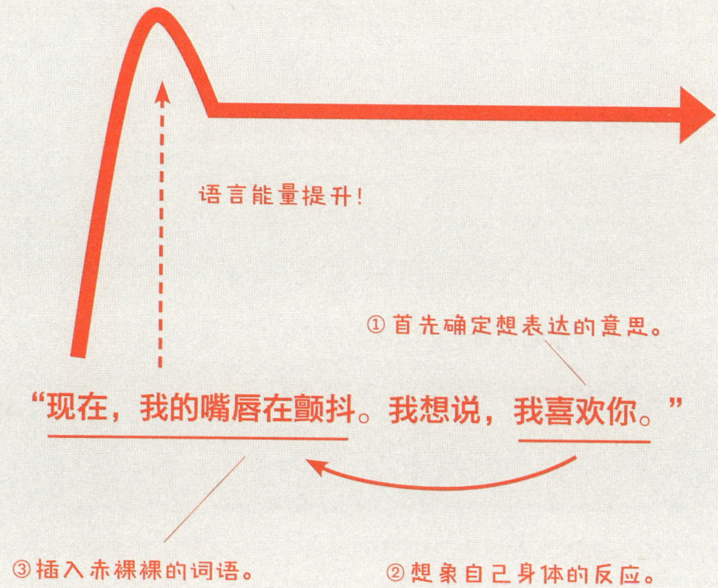

练习题

用赤裸裸法将"我肚子很饿"改造成表现力更强的语言。

①首先确定最想表达的内容。

→"我肚子很饿"是想表达的内容。

②将自己身体的反应用赤裸裸的语言加以形容。

→当自己肚子饿的时候，身体会出现什么样的反应?

头脑有什么反应? 无法进行思考。

肚子有什么感觉? 肚子咕咕叫，前胸贴后背。

当极度饥饿的时候，人的嘴唇甚至会发抖。

③将赤裸裸的语言插入到想表达的内容之前。

→插入。

“我已经无法进行任何思考了，肚子太饿了。”

“我已经前胸贴后背了，饿得不行了。”

“我的嘴唇已经开始发抖了，快饿死了。”

上面三种表达方式，都将饿得难以忍受的感觉充分表达了出来。而且，因为赤裸裸地表达出了自己的感受，说这些话的人还会显得很有人情味，让人感觉很容易亲近。但是，若没有配方，全凭感觉说出这些话，真需要拥有非凡的灵感才行。

可是，你现在掌握了配方，在任何时候、任何情况下，都可以根据需要制造出这种感人的语言了。

赤裸裸法的使用方法

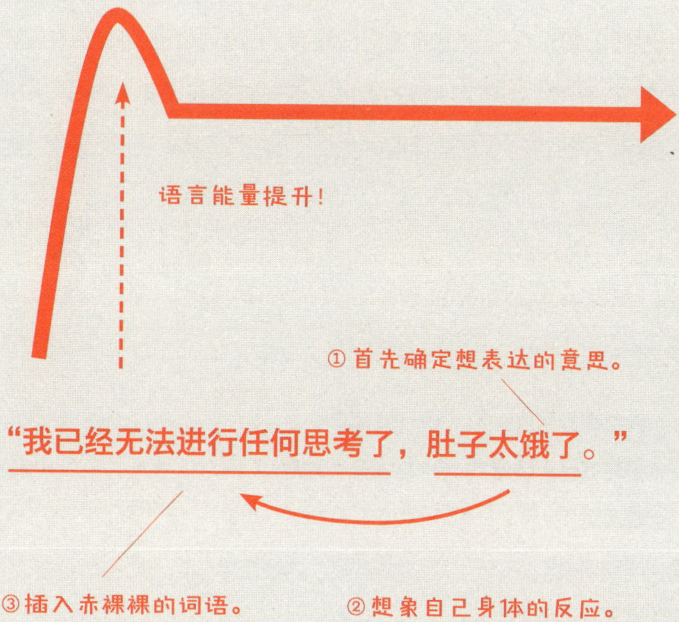
语言能量提升！
①首先确定想表达的意思。
“我已经无法进行任何思考了，肚子太饿了。”
③插入赤裸裸的词语。
②想象自己身体的反应。

现学现用！赤裸裸法

也许你以前没有接触过赤裸裸法这样的表达技巧，那么，在这里我为你准备了一些可以现学现用的例子。这些都是能够直白地表达当前的感受，令对方感动的“赤裸裸的词语”。你可以拿来就用，保证当场就能见效。

脸部有什么反应？ →面红耳赤。

喉咙有什么感觉？ →喉咙又干又紧。

嘴唇呢？ →嘴唇在颤抖。

呼吸如何？ →呼吸急促，无法呼吸。

眼睛什么感觉？ →合不上眼。

汗毛呢？ →全身的汗毛都竖起来了。

皮肤有什么感觉？ →起了一身鸡皮疙瘩，皮肤都被汗水浸透了。

大脑中在想什么？ →大脑一片空白。

手掌心怎么样？ →满手掌心都是汗水。

手指尖如何？ →手指尖感到一阵阵的麻木。

血液循环如何？ →能听到自己心跳的声音。

再以几个完整的句子为例：

“我的喉咙又干又紧，这真是一部感人的电影啊。”

“现在回想起来，我都面红耳赤的，那真是一个美好的夜晚啊。”

在你还未熟练掌握赤裸裸法，或者时间紧来不及认真思考的时候，可以直接引用上面我教你的那些赤裸裸的词语。可谓即学即用，非常方便。

当你熟练掌握赤裸裸法之后，就可以根据自己的习惯来制造表现身体感受的赤裸裸的词语。有了赤裸裸的词语，再按照前面所讲的顺序，瞬间就可以制造出穿透人心的动人妙语。而且，当赤裸裸法成为你的一种习惯后，你会经常思考：“现在我的身体有什么样的感受？”

我编写这本书的目的不仅仅是为了让你拿来就用，更希望你能把这些表达技巧变成自己的东西。而且，要帮你培养起善于思考的习惯，以便日后你能自己创造出更加精彩的表达技巧。

加入赤裸裸的词语后，
平淡无奇的一句话
立刻就变成了
充满生命力的感人语言。

④ 重复法

让自己的话印刻在对方的记忆中

当你想背诵一段文章或一些单词的时候，你会怎么去记忆呢？相信很多朋友都会反复读出来，或者在纸上反复书写。这种方法不仅对自己有效，对别人同样有效。

我们将自己想表达的意思重复表达几次，让对方反复听，更容易让他印象深刻，留在记忆中。例如，我们小时候会唱的儿歌，长大之后依然记忆犹新，这是为什么呢？

小雪花，小雪花，飘在空中像朵花。
小雪花，小雪花，飘在窗上变窗花。
小雪花，小雪花，飘在手上不见了。

大家来看一下这首儿歌，歌词中有很多重复的部分。也许，我们已经记不清当时爸爸妈妈是怎么教我们唱的了。但是，重复的歌词，让我们非常深刻地记在了脑海中。这并不是偶然，而是作词家为了让小朋友更容易记住歌词，有意为之。结果，这些带有重复部分的歌词，就穿越了时空，让人一直记忆到老。

假如歌词中没有重复的话，又会变成什么样子呢？

小雪花，飘在空中像朵花，

如果没有重复的话，那就和成年人的歌曲没什么区别了，你觉得呢?

小雪花，小雪花，飘在空中像朵花。

这样简单重复一遍，就成了世代传唱的经典儿歌。如此重复，不仅容易让小朋友记住，“小雪花，小雪花”还增强了雪花的可爱之感，听后让人不禁产生喜悦之情。也就是说，重复可以将感情融入其中。

“小雪花，小雪花”，像这样将同一词汇重复两次，就是重复法。看似非常简单，作用却很大。首先，容易让人记住；其次，能把自己的感情注入其中。

其实，现在很多被奉为经典的流行歌曲，95%都使用了重复法。举例来说：

远远地，远远地，离我而去的134国道。

——《希望的轨迹》/南天群星[2]

LOVE LOVE，想说我爱你，想大喊我爱你。

——《LOVE LOVE LOVE》/美梦成真[3]

You're everything. You're everything.

——《Everything》/米希亚④

想念你！想念你！无法自拔！

——《想念你！想念你！》/西野加奈⑤

---

②南天群星（Southern All Stars），日本流行乐队，在日本无人不知。出道三十多年，仍然很受欢迎。在日本流行乐队中，他们始终保持不败，成员也是从未变动过，这在日本流行音乐界还只此一个。

③美梦成真（Dreams Come True），日本一个音乐团体，一般简称为DCT，歌迷称之为“美梦成真”。目前其唱片总销量约为4300万张，居日本史上第五位。

④米希亚（Misia），日本女歌手，作曲家。

⑤西野加奈，日本对高中女生最有影响力的女歌手之一，被称为日本新时代少女教主。

试着回想几首你最喜欢的歌曲，看看歌词中是否都使用了重复法？不仅在歌词创作中经常会用到重复法，在我们的日常交流中，重复法也能发挥出很大的作用。举个简单的例子你就能体会到了。

“好吃！”与“好吃！好吃！”相比，哪一句效果更好？我想答案是显而易见的。“好吃！好吃！”的语言能量更强。

把我们想表达的语言重复说两次或多次，能让对方感受到我们是打心底里有这样的想法，而且还能给对方留下深刻的印象。

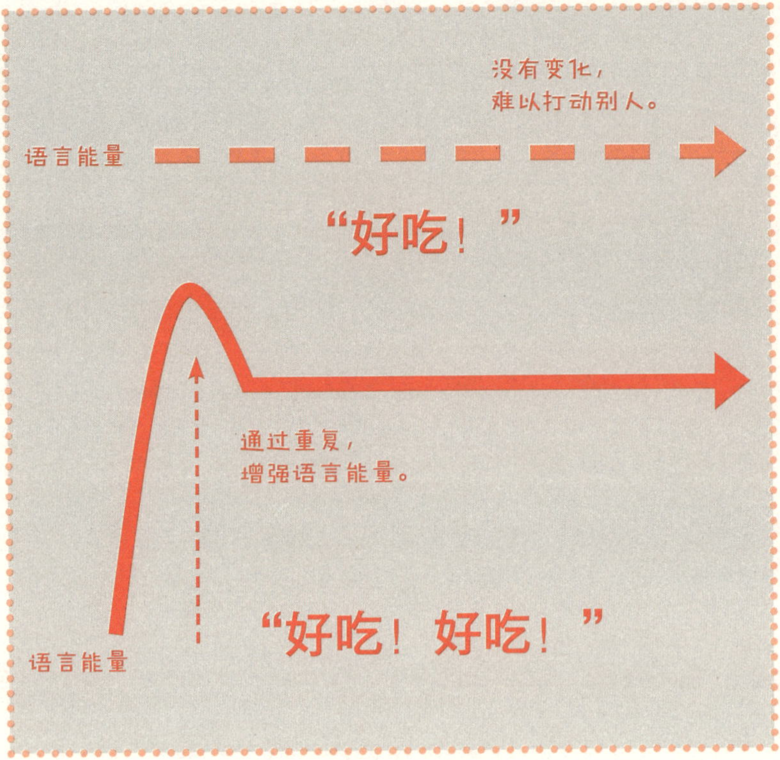

下面为你介绍美国总统林肯的一段著名的演讲。

“民主主义就是人民的，通过人民、为人民的政治。”

为什么这句话能够超越历史，在全世界范围内广为传播呢？当然，这句话的内容非常精彩，这是不容置疑的最重要的原因。但是，内容精彩的演讲多如牛毛，能够流传后世、成为经典的却很少。若你仔细研究

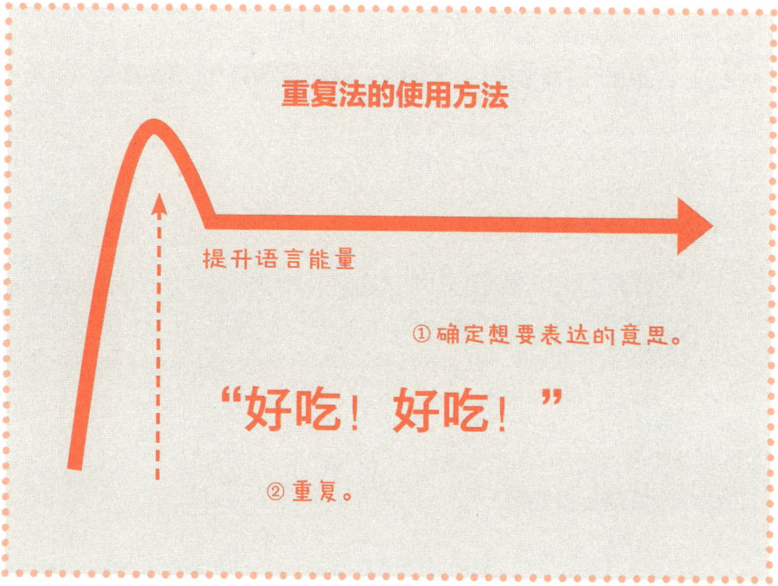

一下就会发现，那些被后人奉为经典的演讲中，大多使用了重复法。因为重复法能给人留下深刻的印象，还能煽动听众的情绪。

使用重复法制造经典妙语，需要两个步骤。

①**确定自己想表达的意思**。

②**重复**。

仅此而已。

可以说，重复法是制造最强语言的技巧中最简单的一个。

下面，我们按照上述顺序结合练习题再来巩固一下重复法。

练习题

请使用重复法将“今天好热”改造成更强有力的表达方式。

①确定自己想表达的意思。

→在这个例题里，想表达的意思就是天气“好热”。

②重复。

→将“好热”进行重复。

“今天好热！好热啊！”

是不是非常简单？原来那句“今天好热！”只不过是对天气的客观陈述，听不出说话人的感受。而“今天好热！好热啊！”似乎让我们看到了说话人额头的汗水，也感受到了他恨不得马上把上衣脱掉凉快一下的那种冲动。重复之后，把“热”的感受更加强烈地表现了出来，也给对方留下了深刻的印象。

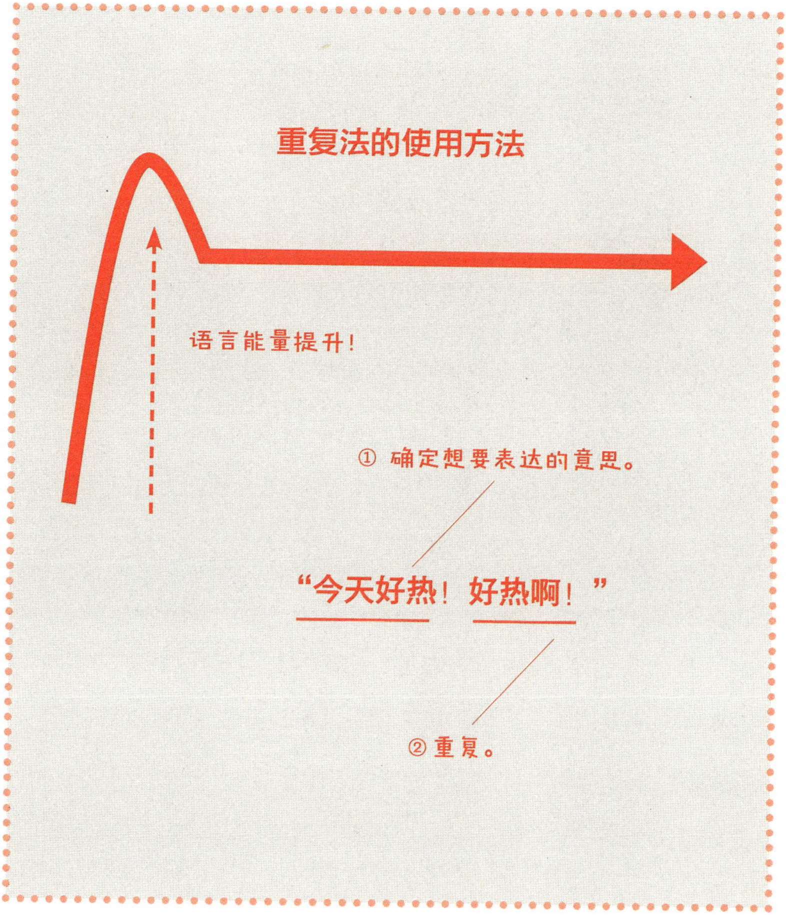
重复法的使用方法
语言能量提升！
① 确定想要表达的意思。
“今天好热！好热啊！”
② 重复。

重复，不仅可以注入自己的感情，还能加深对方的记忆。

⑤ 高潮法

让睡着的人也能睁开眼睛，这是一种强烈的想象技巧

据说，人的注意力最长只能集中20分钟。所以，上课和开会的后半程，大家精神涣散、注意力不集中也是没有办法的事情。说“人犯困，是因为干劲不足”，未免过于强调精神方面的因素，而忽视了人的生理特点。原本我们人类就无法太长时间集中注意力。

另一方面，对于演讲者而言，自己好不容易准备的演讲稿，又费心费力地为大家演讲，可台下的听众却呼声雷动，恐怕没有比这更尴尬的经历了吧。

现在要为你介绍的“高潮法”，可以将听众涣散的注意力重新集中起来，让他们再次被你的话所吸引。我经常到大学开设讲座，大学生们都很“正直”，只要他们觉得讲座没意思，马上就会睡觉。所以，到了讲座的后半段，我会根据学生们的疲劳程度，适时地插入一句：

“我希望大家记住……”

当然，在我接下来要讲的话中，确实存在希望学生们记住的要点。但是，“希望大家记住”这句话最主要的作用是把听众的注意力再次集中起来。所谓高潮法，就是人为地制造一个高潮，通过“接下来我要讲的话非常重要，请大家注意听”之类的话语，将听众的注意力再次集中起来。

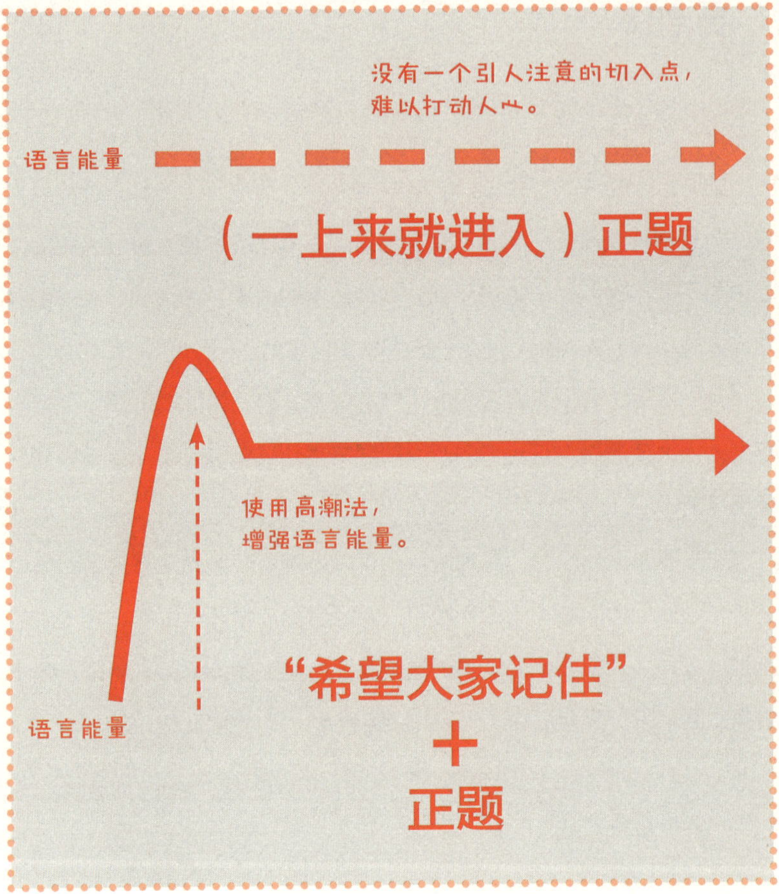

高潮法，和火箭发射前的倒计时“3、2、1”非常相似。听到播音员开始倒计时数秒时，大家对火箭发射成功的期待达到了空前的高度。此时，没有把注意力转移到火箭发射上来的人几乎没有。

回想一下，我们周围大部分的人在“发射火箭”（说正题）之前，从不进行倒计时数秒。而听话的对方，也许不知不觉间就去想别的问题了。这时，即使你的火箭发射了，对方还毫无觉察。所以，不管发射火箭还是说正题，事先进行倒计时数秒是非常重要的。先将对方的注意力吸引过来，才能让其对我们之后的言行产生深刻的印象。

高潮法中常用的吸引对方注意的语言还有：

“希望大家记住下面的内容……”

“这些话我只在这里说……”

“这些话我根本不会跟别人说……”

“我接下来要说的话，请你千万不要告诉别人啊……”

“下面我说的这些话，你可千万不要忘记啊……”

“如果用一句话来概括的话……”

“我想给你一点建议……”

“我有三个诀窍，第一个是……”

使用高潮法，只需两个步骤：

①不要一上来就说“正题”。

②先说引起对方注意的语言。

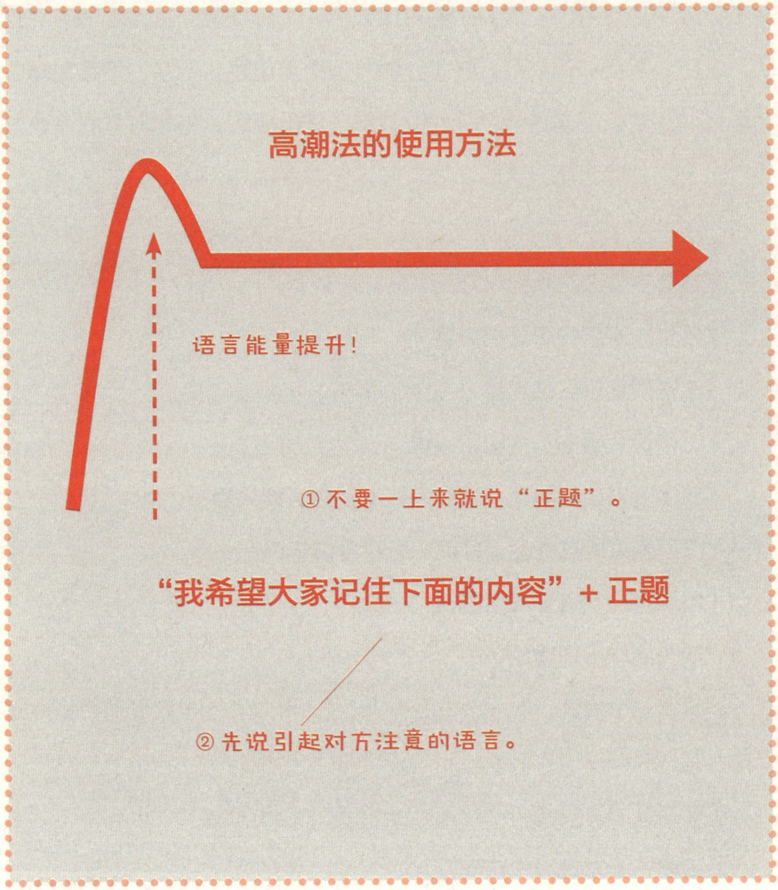
高潮法的使用方法
语言能量提升！
①不要一上来就说“正题”。
“我希望大家记住下面的内容”+正题
②先说引起对方注意的语言。

练习题

请使用高潮法将“我喜欢吃咖喱”改造成表现力更强的句子。

①不要一上来就说“正题”。

→即使是非常想说出“正题”，也要暂时先忍耐一下。

②先说引起对方注意的语言。

→我们选用“我只告诉你”来引起对方的注意。

“我只告诉你，我喜欢吃咖喱。”

原本那句“我喜欢吃咖喱”，如果就这样直接说出来，好像在自言自语，也许对方根本就没注意听。但是，如果先说一句“我只告诉你”，对方立刻会引起注意，即使后面的内容平淡无奇，对方也会当作一个非常重要的信息来记忆。

即使对方是一个不认真听别人说话的人，但当他听到“我只告诉你”这句话时，也会竖起耳朵来认真听。

有些话我只能在这里跟大家说。最初有人邀请我去大学开设讲座的时候，我的心里既感到万分高兴，又非常不安。因为我生怕自己在台上演讲的时候，下面的同学在呼呼大睡。我自己在上大学的时候，就经常在课堂上睡觉。

自己演讲的时候，听众在睡觉，这绝对是我能想到的最尴尬的事

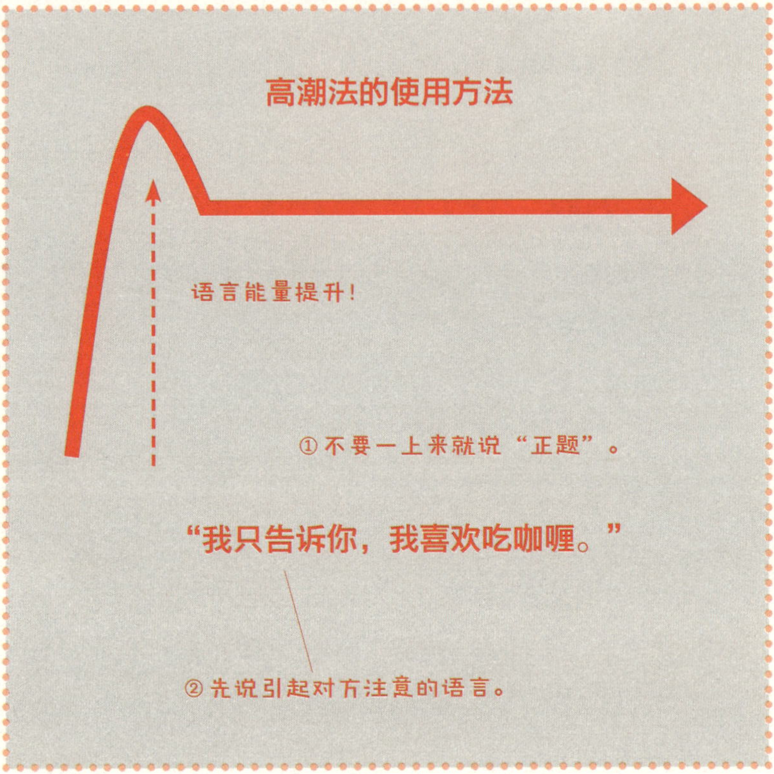

情。带着不安的心情，我还是站在了大学的讲台上，可结果……

"90分钟的时间，感觉一下就过去了。"

"虽然是在星期五傍晚举行的讲座，但我竟然一点儿都不困，真没想到。"

以上是讲座结束之后，同学们在纸上写下的评语。与高兴相比，我更觉得吃惊。

我平时的工作，是挖空心思、想尽办法让一个广告受人欢迎。还有就是策划和设计商品介绍，让客户从众多公司的设计中，选中我们的设计方案。在经年累月的工作过程中，我渐渐掌握了一些与人沟通的技巧，其中之一就是在不知不觉之间把听众的注意力吸引过来。

作为一名讲师，我在大学开设讲座的机会越来越多。根据经验我发现，“听众能否集中注意力听讲，很大程度上取决于演讲者的技巧”。不管演讲的内容多么枯燥乏味，只要演讲者懂得使用一定的技巧，也能激发起听众的兴趣，把听众的注意力吸引过来。而另一方面，不管多么精彩的内容，如果表达方式欠佳的话，也会让听众们哈欠连连。

只要是技巧，我们就可以学习掌握。如果你是学校的老师、会议的司仪等，经常要面对众人进行演讲的话，只要掌握了表达方式的技巧，那么不管什么课程、会议，都会变得大受欢迎。

现实生活中的大多数人都不善于表达，这也是没有办法的事情。为什么这么说？因为大家没有机会学习表达的技巧，也没有人教大家这些技巧。而现在，我已经把我所知道的表达技巧全都教给了你！

高潮法就像一个开关，可以把听众的注意力调到『集中模式』。

①惊喜法

这种方法虽然超级简单，但专业人士也常用到

②反差法

奥巴马、村上春树等都曾使用过的打动人心的方法

③赤裸裸法

有画面、有情景、有肢体语言的表达

④重复法

让自己的话印刻在对方的记忆中

⑤高潮法

让睡着的人也能睁开眼睛，这是一种强烈的想象技巧

熟练运用五个技巧，就可以制造出最强语言

总有一天，周围的人会对你说："你变得会说话了呢。"

当你了解了"惊喜法""反差法""赤裸裸法""重复法"和"高潮法"这五个技巧之后，就相当于掌握了大厨做菜的五个基本搭配原则。只要我们按照大厨的菜谱和搭配原则来做菜，不管自己的心情如何，身体状况是否良好，都能做出比一般菜品更好吃的菜来。

当然，如果想成为专家的话，还需要更加深入、严格和漫长的训练。如果你想让自己的表达方式变得更高明，那就加油吧！总有一天，周围的人会对你说："你变得会说话了呢。"这是一个吃惯了家常菜的人，突然品尝到高级餐馆厨师手艺的时候所发出的感叹。

我在编写这本书的时候，始终遵循的一个原则就是易学易用，争取做到让读者现学现用。你在书店无数的书籍中选中了这本书，说明你对语言表达是感兴趣的。

学过书中的技巧之后，只要你按照自己的风格稍加改变，就立即可

以对周围的人使用了。在你所说的强大语言当中，既有我为你提供的方程式，也有你原创的风采，只有这样，我教的技巧才能真正意义上变成你自己的东西。

进一步讲，也许有一天，在这五个技巧之后，你自己又发现了第六个、第七个方法也不一定。总而言之，**我编这本书就是想起到抛砖引玉的作用，希望以此为契机，你能找到自己的寻宝地图**。按照寻宝地图的指示，努力去挖掘，总有一天你能找到强大语言的构成秘诀。

也许，以前你的大脑中已经断断续续储存了一些表达方式技巧的断片，在读过这本书之后，就能将这些断片连接起来，形成一幅完整的美丽画卷。

基于人类本能的语言，是全球共通的

任何国家、任何人种都通用的技巧

大家刚才学习的制造最强语言的五个技巧，不是像化学调味料那样改变食物浅层口味的东西，更不是在表达方式上耍小聪明的文字游戏，而是语言表达方式的基础。而且，那五个技巧都是基于人类的本能创造出来的。

即使语言不通，但只要有“惊喜”的话，人也会心跳加速；
即使人种有别，但只要说话有“反差”的话，也能打动人；
即使地域不同，但只要“赤裸裸”地表达自己的感受，也能吸引人；
即使国家各异，但只要不断“重复”的话，也能加深人的记忆；
即使文化相左，但只要话语中有“高潮”，就能引起别人的注意。

也就是说，这五种技巧，可以打动地球上的任何人。你看，在这本书中我举了其他国家的总统和作家的名言为例，你也会被他们的语言所感动吧。实际上，地球已经迎来了真正意义上的全球化。毫无疑问，“全球化”这个词本身也将有消失的那一天。如果你在海外有朋友，或者和外国公司有业务往来的话，那么在给他们发送电子邮件的时候，千万别忘记使用那五种表达技巧哟，一定能收到更好的表达效果。

只用10分钟就可以写出“超强文章”的技巧

看起来了无生趣的长篇大论，如何吸引读者的眼球？

学过前面介绍的各种表达技巧之后，有不少朋友来问我：“现在我知道了编造超强句子的技巧，可是，遇到要写长篇文章的时候，该怎么办呢？”首先，我要为你介绍在时间不充裕的情况下，写出好文章的技巧。在我们每天忙碌的工作中，写电子邮件或策划书，都不允许我们花太长的时间去构思。

遇到这种情况时该怎么办？别着急！下面我就教你只用10分钟就可以写出“超强文章”的技巧。

首先，向你透露一个事实，任何人都不喜欢看长文章。根据你自己的经验，可能早就发现了这一点。很多人会说：“看到长一点儿的文章我就头痛，根本没耐心读下去。”可是，如果是自己写的文章，想法和立场就不同了，认为“我应该尽量写长一点儿，那样才能表达出我的诚意，读者才愿意看”。

然而，事实绝非如此，你写的长文章也一样，别人唯恐避之不及。

下面有一篇文章，请你认真读一下。

首先，看到这篇文章的篇幅，你可能已经产生畏难情绪了。我相信，不少读者朋友都没有将全文读完吧。那么，我们该如何改造这篇文章，让读者愿意去读呢?

致：

想当志愿者的朋友

本协会是在志愿者的协助之下建立并运营的。作为非营利性的团体，本协会的主要工作是组织和协调人们爱护动物的活动。志愿者们的付出，将使更多动物获得关爱。任何人都可以成为本协会的志愿者。除了直接照顾动物的志愿活动之外，后勤、协调等事务性的工作也是非常重要的志愿活动。本协会的具体活动，请参见如下内容……

（中略）

首先，请您登录本协会网站，我们将会根据志愿活动的需要与你取得联系。另外，有的时候，虽然您已经登录，但不一定能获得自己希望的志愿工作，望您理解。我们期待您的加入。

① 一个精彩的“开头”，先把读者吸引过来

当一篇冗长的文章摆在面前时，不管人们多么不愿意读，开头的第一句还是会大体扫上一眼。就像面前摆了一道菜，即使自己不想吃，也会象征性地尝上一口。所以，文章的开头是关键，我们要用第一句话抓住读者的心。

这时，就是制造最强语言的五个技巧登场的时候了。使用哪一种都可以，你可以根据实际情况和自己的喜好来选择。窍门在于要让第一句话尽量短小精悍。

步骤1：

○开头第一句要使用“超强语言”。

○尽量选择短小精悍的语句。

致：
想当志愿者的朋友

使用惊喜法，
制造强有力的语言。

↓

对，我要当志愿者！致有此志向的朋友。

为了缩短第一句，可以将原文进行分割。
原来的一句话，现在被我分成了两句。

② 高明的“结尾”，让读者读后有一个好心情

写出“超强文章”技巧的第二步是写一个高明的“结尾”。在开头第一句中使用的超强语言，也应该出现在文章末尾。这样一来，前后相互呼应，使整篇文章意思完整，读者读后也会有个好心情，而不是摸不着头脑。

在结尾，可以使用和开头第一句中完全一样的超强语言，也可以稍加修改。

《朝日新闻》中的《天声人语》栏目就经常使用这一技巧。开头抛出一个吸引人的核心词语，然后围绕这个词语展开论述，最后再用同一个词语进行收尾。

步骤2：

○使用第一句中出现的超强词语做结尾。

我们期待您的加入。

↓

“对，我要当志愿者！”期待有此志向的您的加入。

开头出现的词语，也用于文章结尾处。

③ 不会让读者错过的“标题”

关于写出“超强文章”的技巧，最后我们来谈谈文章的标题。在如今有如洪流般的信息大潮中，要想让自己的文章不被淹没，一定要取一个醒目的标题，从而吸引人的眼球。

以前，文章的标题一般都是文章内容的概要，这算是一个常识。但是如今，只有当对方不得不读这篇文章的时候，这个常识才有用。比如，公文、说明书等。

步骤3：

○如果你认为文章开头的第一句话已经是最强语言了，那不妨就用它来做标题。

○或者用“第一句中的重要词汇”加“感叹号”的形式作为文章的标题。

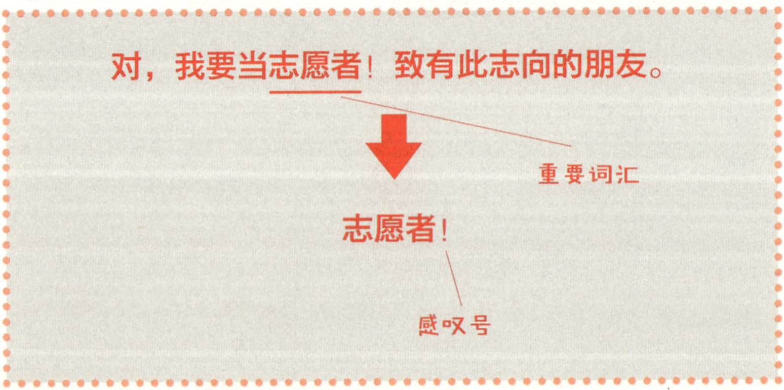

在如今的信息时代，人会忽略99%的信息。在这种情况下，标题的作用就有了新的要求。标题提示文章内容的作用已变得可有可无，最重要的是要能吸引读者的眼球。举例来说，每天浏览网页的时候，打开Yahoo（雅虎）的首页，你不可能把首页的每一个标题都点开查看，而是选择那些你感兴趣或对你有吸引力的标题。

不过，制造吸引人的标题并不难。如果你认为文章开头的第一句话已经是最强语言了，那不妨就用它来做标题。

不过，你要注意一点，标题还是简短一点儿好。如果你觉得开头的第一句话有点儿长，不适合直接做标题的话，也可以用“第一句中的重要词汇”加“感叹号”的形式作为文章的标题。这样一来，标题就可以变得短小精悍了。

我想，读者朋友中肯定有每天浏览Yahoo新闻的朋友。这部分朋友应该知道，Yahoo新闻的标题最长为13.5个字。所以，文章的标题必须要短小才能抓住读者的心。

按照上述步骤，之前的文章可以修改为以下形式。

看！和原文相比，是不是感觉大不相同了呢？只用了10分钟，就能让一篇长文章的接受度大大提高。当你时间比较紧的时候，一定要记得使用这种改造文章的方法。

志愿者！

对，我要当志愿者！致有此志向的朋友。

致想当志愿者的朋友。本协会是在志愿者的协助之下建立并运营的。作为非营利性的团体，本协会的主要工作是组织和协调人们爱护动物的活动。志愿者们的付出，将使更多动物获得关爱。任何人都可以成为本协会的志愿者。除了直接照顾动物的志愿活动之外，后勤、协调等事务性的工作也是非常重要的志愿活动。本协会的具体活动，请参见如下内容……

（中略）

首先，请您登录本协会网站，我们将会根据志愿活动的需要与你取得联系。另外，有的时候，虽然您已经登录，但不一定能获得自己希望的志愿工作，望您理解。

“对，我要当志愿者！”期待有此志向的你的加入。

不要使整篇文章句句都成为“最强语言”

刚才我们一起学习了只用10分钟打造“超强文章”的技巧。这一系列技巧主要是对标题、开头和结尾的改造，适合于时间紧迫的情况。

在时间充裕的情况下，我们写长篇文章时，又该注意什么问题？又有哪些技巧呢？接下来，我就告诉你如何把之前学过的五个技巧恰当地穿插到一篇长文章中来使用。一篇长文章应该包括几个想表达的主要意思。一个主要意思就是一个关键点。若能将这些关键点加以突出，便能一下子抓住读者的心。

这里的秘诀在于，**不要使整篇文章句句都成为“最强语言”**。如果用音乐来进行类比，**文章中的“最强语言”相当于乐曲中的高潮部分**。一段动听的乐曲，应该既有高潮部分，也有铺垫部分，整体要显得抑扬顿挫。如果整段乐曲都是高潮部分，一定会让听众感觉太过单调和刻意。所以，我们写文章的时候，一定要抓住要点，围绕这些要点使用表达技巧。

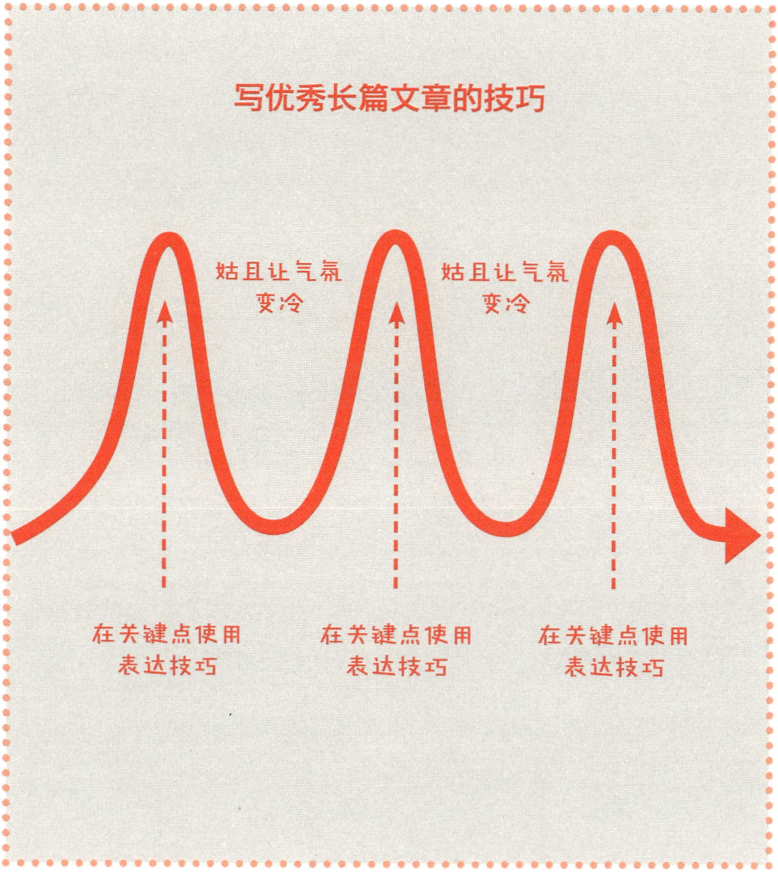
写优秀长篇文章的技巧
姑且让气氛
变冷
姑且让气氛
变冷
在关键点使用
表达技巧
在关键点使用
表达技巧
在关键点使用
表达技巧

增添30%的感情刚刚好

你应该理解电子文字的冰冷性

怎样才能写出一封精彩、充满吸引力的电子邮件呢?

同样，使用前面学过的技巧，也可以达到这个目的。

其实，电子邮件也可以理解为一种长篇文章。长文章的写作技巧，可以参考前一小节的内容。在这里，我专门讲一下电子邮件的特征和应对之策。不过，首先希望你理解的一点是，电子文字是相当冰冷的。

请看下图中的例子，将电子文字和手写文字进行比较。

电子邮件

收件人：aaaa@bbbb.com

本田先生：

请对文件内容加以确认。

手写

奉田先生：

请对文件内容加以确认。

这下你就能感受到两者之间的差别了吧。显而易见，与手写文字相比，电子文字不带任何感情和温度。你肯定经常收到电子邮件，也一定会有邮件让你倍感失落。“哇！怎么这么没人情味！”其实，大多数情况下，对方的想法并不是电子文字所反映的那样。

你写的电子邮件也会存在同样的问题。其实，你的邮件所表现出来的感情比你想象的要少很多。这一点希望你能理解。

那么，具体该怎么做才能让电子邮件充满感情，还透出人情味呢？

既然电子文字削弱了邮件的感情，那么我们就用语言的力量为电子邮件增添30%的感情。这样一来，电子邮件所展现出来的感情就和手写文字处于同一水平了。具体做法就是对句尾加以修改，加入感情的成分。

句尾不要显得太过冰冷。如果收尾的词语冷冰冰，对方心里容易产生疑惑：“难道他生气了吗？”

请确认文件内容。

⬇ **感情增量30%**

请确认文件内容哟。

请确认文件内容哈！

请确认文件内容吧。

再举一些让感情增量30%的例子，请参见171页的表格。这里，我只是用了惊喜法中最为基础的“在句末加感叹号”。你可别小看这个感叹号，右边方框里的文字明显更生动，也更具感染力。当然，除了惊喜法之外，其他四种技巧也任你选择。因为每天要收到几十甚至上百封电子邮件，所以在回复邮件的过程中，**我用的最多的就是最为省时的惊喜法。**

读者朋友们的生活环境、工作行业各不相同，但不管在什么环境下，人的感动和喜悦都是相通的。所以，表达能力的技巧，不仅适用于日常生活，还适用于商务工作。

以我为例，我对例文的改造方法如172页中的图表所示。

例文

才田君：

谢谢你昨晚的款待。

我很认同你"跨出一步"的这种想法，你的话总是很有深度，带给我勇气。

今后，我会继续向前迈进，接受各种挑战。

佐佐木

感情增量30%

例文

才田君：

谢谢你昨晚的款待！！

对于你"跨出一步"的这种想法，我真的很认同！！

你的话总是很有深度，带给我勇气！

今后，我会继续向前迈进，接受各种挑战！

佐佐木

下面我们一起来做一道练习题。我编写这本书的目的就是要做到简单、实用，所以，学完理论之后，我们就来实践一下吧。

我会这样改编！

例文

才田君：

谢谢你昨晚的款待！！

惊喜法

对于你“跨出一步”的这种想法，我真的很认同，激动得全身颤抖！！

赤裸裸法

你的话总是很有深度，带给我勇气，让我感到自己的不足。

反差法

今后，我会继续努力再努力向前迈进，接受各种挑战！！

重复法

K1⑥

⑥K1是作者名字“圭一”的昵称。

练习题

请随时留意你的手机，如果收到一条必须回复的短信时，请在回复的时候试着将感情增加30%。

大家每天都会回复短信，现在就用我们刚才学过的方法试一试吧。首先，就来使用最简单的惊喜法，即多用一些“感叹号”。

一开始，当你看到有这么多感叹号的回信时，也许会觉得这么写不太自然，甚至产生疑问：“这样一来，是不是我的感情表达得过于强烈了？”确实，从你自身的感受来看，使用惊喜法使自己语言中的感情增强了30%，会有一点儿不自然的感觉。但是，请不要忘记，对方收到的是电子文字，文字的感情会有所减少。因此，我们这边增强了感情，到达对方那里则显得刚刚好，和手写的文字处于同一感情水平。

打动人的不是规则，而是感情

人真正被打动的时候，其实是感情被打动了

我们来回顾一下奥巴马与麦凯恩竞选美国总统时的情况。有人成功有人失败，并不是因为两人的政策主张上存在多么大的差异。

两位候选人都誓将美国建设得更好更强大。而且，不论什么政策，总有人赞成，有人反对。所以，政策主张的差异，并不是左右竞选结果最主要的原因。关键在于谁能感动更多的选民。总统候选人都深知这一点，不论是竞选活动还是做演说，都要事先经过缜密策划和精心的设计。

也许美国总统大选离我们太过遥远，那我就再举一些身边的例子。

在公司的日常工作中，也许你会遇到类似的事情。同样一个策划案，由A君来向众人宣讲，可能会顺利通过；但换作B君的话，也许就会被否决。这就是典型的表达能力差异导致不同结果的例子。表达能力强，能够打动人心，便可以成功。反之，即使同样的内容也有可能失败。

慢慢来！

人生充满了岔路口。能否掌握打动人心的表达方式，将使人走上不同的道路。能够通过语言打动别人，你的路就会越走越宽，越走越顺。相反，只会越走越窄，甚至走入死胡同。

我们学习语言表达的技巧，并不是只为了人生的关键时刻准备的，而是为了让现在这一瞬间闪耀出夺目的光彩才学习的。现在开始，从你嘴里说出的每一句话都精彩了，发出的每一封电子邮件都充满了感情，对方的反应就会发生改变，而你的人生也会随之发生改变。

学习、使用本书中介绍的技巧，你的表达能力将得到意想不到的提高。也许你会认为“根据我现在的心情，这样的表达方式是不是有点儿过头了？”但是，这样也没关系。并不是因为喜悦的心情增加了30%，便在表达方式上增加30%的感情。而是正好反过来，在表达方式上增加30%的喜悦之情，可以让你心中的喜悦之情真的增加30%。

在人生的岔路口，让我们接连得到yes的回答。

第三章

总 结

- 只要掌握正确的方法，任何人都能制造出“最强语言”。
- 全世界的信息量10年间增长了530倍，平淡无奇的语言将被无情地忽略掉。
- 存在高低差，便能产生语言能量。
- 制造“最强语言”的五个技巧：
  ①惊喜法 ②反差法 ③赤裸裸法 ④重复法
  ⑤高潮法
- 10分钟写出“超强文章”，其关键在于“开头”“结尾”和“标题”。
- 为了消除电子文字的冰冷性，用语言将感情增添30%。

找到你自己的寻宝地图

耐心读到这里的朋友，相信你已经发现“所谓名言妙语，并不是灵光乍现的结果，而是人有意识地制造出来的”。世上的名言妙语，并不是什么奇迹，其中存在“妙的理由”和“再现的方法”。

本书介绍了不少方法和技巧，如果你能记住其中一个，并付诸实践的话，我也会感到非常欣慰。倘若这样，我编写这本书的目的就实现了一半。那另一半的目的是什么呢？我希望读者朋友能够借这本书激发出自己对语言的兴趣，能够自己去发掘、去寻找，最终找到属于自己的寻宝地图。

以前，当我为表达方式感到苦恼的时候，我发现了“不是用大脑去思考，而是用心灵去感受”和“案件不会发生在会议室中！而是发生在现场！”这两句话使用的竟然是同一个技巧，即“反差法”。

我相信，你也一定能像我一样，发现更多的语言表达技巧。在人生中偶遇的妙语，其实自有它“妙”的理由，只要用心思考，就能找到其中的理由。然后，也就能找出再现的方法。到那时，该技巧就成为你自己的一部分。

虽然很不舍，但还是到了要和各位读者朋友说再见的时候。

不过没关系，你至少已经掌握了将“no”变成“yes”的技巧和制造“最强语言”的技巧。世上有很多人还不知道这些技巧的存在，你已经领先一步了。不仅如此，你还发现了寻宝地图的线索，接下来就是找出整个地图，然后按照地图去寻宝了。

也许在前进的道路上，你也会有迷惘的时候。不过请记住，我一直是你忠实的伙伴，会一直陪伴你、支持你！

你有没有想过，自己的未来会是什么样子？我希望你的未来中充满了喜悦，充满了感动。那还等什么呢？赶快行动起来吧！从接下来说出的第一句话开始改变吧！

在策划出版这本书的过程中，我得到了本田直之、土江英明、饭沼一洋的鼎力相助，还受到杉村太郎的无私指导。在此，对他们表示真诚的感谢！若没有他们的帮助，这本书恐怕连一行我也写不出来。

这本书版税的一部分，我将捐献出来用于提高世界各地孩子们的识字率。所以，你在购买这本书，学习语言表达技巧的同时，也为一些孩子提供了上学的机会。

从小能否接受良好的教育，将极大地影响人的一生。你购买这本书所付出的金钱，将帮助印度尼西亚等国家、地区的贫困孩子上学。当孩子们手中拿到课本的时候，他们一定会感谢你的付出。

佐佐木圭一

2014年4月

你用自己的手，翻到了书的这一页!

佐佐木圭一

参考文献/参考影片

《Leverage Leading》本田直之（东洋经济新报社）

《为了永远的自由，20岁应该舍弃的50件事》四角大辅（圣殿出版社）

《去冒险吧！》安藤美冬（Discover 21出版社）

《广告文案年鉴》东京广告策划俱乐部（宣传会议）

《三句话便可操纵男人》伊东明（PHP研究所）

《在世界中心呼唤爱》片山恭一（小学馆）

《想要，想要，我想要》小霜和也（感动日本社）

《SLAM DUNK》（《灌篮高手》）井上雄彦（集英社）

《1分钟学习法，让头脑真正聪明起来》石井贵士（中经出版社）

《梦象成真》水野敬也（飞鸟新社）

《广告文案应该这样写！读本》谷山雅计（宣传会议）

《思考的利器》加藤昌治（阪急交流社）

《描绘“职业蓝图”的方法》原尻淳一、千叶智之（钻石社）

大学演讲《广告沟通的基础》 小西利行

《总统选举胜利演说》 奥巴马

发给朋友的电子邮件 乔治 · 卡琳

《耶路撒冷文学奖获奖演说》 村上春树

《热门语言》 杉村太郎（中经出版社）